Inhalt

Aus der Zuckerbäckerei

Die typischen Zutaten

Sahnetorten, Cremeschnitten, Obstkuchen, Schokoladentorten, Törtchen: Wann ist eine Torte eine Torte? Cremig soll sie natürlich sein oder mit viel Schokolade, hoch soll sie sein, also aus möglichst vielen Schichten bestehen, aber muss sie auch rund sein? Am besten ja, das Wichtigste ist allerdings, dass sie unwiderstehlich aussieht und vor allem auch so schmeckt. Torten kann man natürlich auch beim Konditor kaufen oder – in der allergrößten Not – aus dem Tiefkühlregal mit nach Hause nehmen. Aber, Hand aufs Herz, das ist doch nur der halbe Spaß. Denn Backen ist Lust – Lust auf Süßes und aufs Naschen. Im Grunde ist Torten backen gar nicht schwer. Das Gerüst besteht aus Teig: Die Zutaten dafür sind meist Eier, Zucker, Mehl und Butter. Daraus kann Biskuitteig werden, der sich gut in einzelne Böden schneiden lässt, oder Mürbeteig, der üppige Füllungen leicht tragen kann. Die Auswahl bei den Füllungen ist groß. Sie können Cremes sein mit Sahne, Quark, Likör, aus Schokolade oder mit Früchten und finden auf und zwischen den Teigböden Platz. Besonders im Sommer, wenn alle Arten von Beeren sowie Kirschen und Pflaumen reif sind, schlägt das Herz des Hobby-Tortenbäckers höher. Verziert wird das Ganze zuletzt noch mit extra Sahne, Schokospänen, Marzipanfiguren, Zuckerguss, Mandeln, Nüssen und vielem mehr. Eigentlich ganz einfach, oder?

1

PISTAZIEN UND NÜSSE (links) enthalten mehrfach ungesättigte Fettsäuren. Sie sind nicht lange haltbar und sollten zum Backen und Verzieren stets frisch verwendet werden.

1 EIER sind beim Backen unentbehrlich. Eigelb sorgt dafür, dass der Teig mürbe wird, Eischnee bringt die Luftigkeit in den Teig. Zum Backen werden frische Hühnereier der Gewichtsklasse M (53 bis 63 g) verwendet.

2 BUTTER oder Margarine: Fett ist grundlegender Bestandteil für jeden Teig; es macht ihn geschmeidig. Butter hat den feineren Geschmack.

3 KUVERTÜRE wird beim Backen der Schokolade vorgezogen, weil sie einen höheren Kakaobutteranteil hat und daher leichter schmilzt. Es gibt dunkle Kuvertüre (Zartbitter), helle Kuvertüre (Vollmilch) oder weiße Kuvertüre.

4 ZITRONE liefert einen naturreinen Aromastoff. Nicht nur der Saft ist ideal als Geschmacksgeber, auch die abgeriebene, unbehandelte Schale eignet sich dazu ebenso wie zur optischen Verzierung der Backwerke.

5 VANILLESCHOTEN enthalten das Vanillemark, das für ein unverwechselbares Aroma sorgt. Nicht zu vergleichen ist es mit dem des synthetischen Vanillins.

6 FRÜCHTE, besonders Beeren aller Art, sind ein beliebter Tortenbelag. Man sollte nur frisches, unversehrtes Obst verwenden.

7 MEHL – speziell Weizenmehl – hält den Teig zusammen und gibt ihm Festigkeit. Meist wird mit Mehl der Type 405 oder 550 gebacken.

6

7

BACKPULVER besteht aus Natron und einer Säure. Durch Feuchtigkeit entsteht Kohlensäure, die den Teig beim Backen locker aufgehen lässt.

GELATINE ist ein tierisches, geschmacksneutrales Geliermittel in Blatt- oder Pulverform. Weiße oder rote Gelatine wird zuerst in kaltem Wasser eingeweicht und dann in heißer Flüssigkeit aufgelöst. Sie sorgt dafür, dass Cremes fest werden und beim Backen nicht auseinander fließen. Ersatzweise kann man Agar-Agar, ein pflanzliches Geliermittel aus Algen, verwenden.

KONFITÜRE oder Marmelade? Welche Früchte auch immer laut EU-Recht darin enthalten sein müssen, für Tortenböden ist beides gut.

MARZIPAN wird beim Backen als Marzipanrohmasse verarbeitet. Sie besteht aus gemahlenen Mandeln, Puderzucker und Aroma.

ROSINEN sind getrocknete Weintrauben. Sie enthalten viel Zucker, der beim Backen durch die Feuchtigkeit im Teig abgegeben wird.

ZUCKER ist nicht nur seiner Süßkraft wegen beim Backen unentbehrlich, er gibt dem Teig auch Fülle und Struktur. Puderzucker löst sich schnell auf und eignet sich deshalb gut für Glasuren.

Step by Step
Die wichtigsten Backtechniken

Backen macht Spaß, wenn man sich an einige Grundregeln hält: Unbedingt nach Rezept arbeiten und nicht improvisieren wie beim Kochen. Wenn der Teig einmal im Ofen ist, kann man nichts mehr retten. Zu viel Mehl lässt den Teig unter Umständen hart und ungenießbar werden, zu wenig Mehl lässt ihn in den Ofen fließen. Eiweiß sollte immer in einer sauberen Schüssel und mit sauberen Quirlen mit dem Handrührgerät geschlagen werden, sonst wird der Eischnee nicht fest. Biskuitteig braucht Luft, dadurch wird der Kuchen besonders leicht: Luft gelangt durch geduldiges Schlagen in den Teig. Mürbeteig dagegen braucht Kälte. Alle Zutaten und auch die Hände müssen beim Kneten kalt sein, sonst wird der Teig klebrig und weich. Damit der Mürbeteig schön knusprig gelingt und später nicht aufweicht, wird er manchmal »blind« gebacken: Den Teig mit Backpapier belegen, darauf Hülsenfrüchte geben und etwa 10 Minuten vorbacken. Brandteig für Windbeutel wird im Topf »abgebrannt«. Erst später kommen die Eier dazu, die ihn luftig machen. Kuvertüre darf nicht zu heiß geschmolzen werden, da sonst der Überzug nicht glänzt.

Kuvertüre schmelzen

1 Die Kuvertüre mit einem großen Messer auf einem Brett grob in Stücke schneiden, damit sie sich gleichmäßig im Wasserbad auflöst.

2 Zwei Drittel der Kuvertüre in eine Schüssel füllen. Die Kuvertüre unter Rühren mit dem Teigschaber im maximal 50 °C heißen Wasserbad schmelzen.

3 Die Schüssel aus dem Wasserbad nehmen. Die restlichen Kuvertürestücke dazugeben und so lange rühren, bis sie sich aufgelöst haben.

Schokoladenblätter herstellen

1 Am besten eignen sich Zitrus-, Rosen- oder Weinblätter. Die Blattrückseite mit Watte abreiben, damit eine saubere und glatte Oberfläche entsteht.

2 Das Blatt mit der Rückseite nach oben auf Backpapier legen. Mit einem Pinsel die Kuvertüre von der Mitte nach außen mehrmals aufstreichen.

3 Die Blätter 5 Minuten in den Kühlschrank legen. Sobald die Kuvertüre kalt und fest ist, die Blätter am Stängel festhalten und vorsichtig abziehen.

Mürbeteig zubereiten

1 Eine Mulde in das Mehl drücken, das Ei hineingeben und den Rand mit kalten Butterstückchen belegen.

2 Alle Zutaten mit einem Messer gründlich durchhacken. So entstehen grobe Krümel, die sich leichter kneten lassen.

3 Mit kühlen Händen (Mürbeteig nimmt Wärme übel) alles rasch zu einem glatten Teig verkneten.

4 Den Teig zu einer Kugel formen, in Frischhaltefolie wickeln und mindestens 30 Minuten im Kühlschrank ruhen lassen.

Brandteig zubereiten

1 Wasser mit etwas Zucker und Salz aufkochen. Butter hinzufügen und schmelzen lassen. Das Mehl auf einmal hineingeben, dabei ständig rühren.

2 Bei mittlerer Hitze so lange rühren, bis sich der Teig als Kloß vom Topfboden löst. Die Masse in eine Schüssel umfüllen und die Eier einzeln unterrühren.

Biskuitteig zubereiten

1 Eigelb und Zucker in einer Schüssel im heißen Wasserbad mit dem Handrührgerät dickschaumig aufschlagen.

2 Die Schüssel aus dem Wasserbad nehmen. Mehl und Stärke durch ein Sieb auf die Eigelbmasse stäuben.

3 Eiweiß zu festem Eischnee schlagen. Den Zucker erst unterrühren, wenn das Eiweiß schon steif ist.

4 Eischnee zusammen mit dem Mehl nach und nach mit einem Rührlöffel vorsichtig unter die Eiercreme heben.

Modetorten

Etagentorte
mit Erdbeeren

Eine Torte zum Verlieben: Der Königin der Beeren wird hier gleich mehrstöckig eine angemessene Plattform geschaffen

Zutaten

Für den Krokantteig:

100 g gehackte **Mandeln**

100 g weiche **Butter**

100 g **Zucker** · 50 g **Mehl**

1 EL **Crème fraîche**

Für die Füllung:

200 g weiße **Schokolade**

100 g **Mascarpone**

Saft von 1 **Orange**

2 Blatt weiße **Gelatine**

250 g **Sahne**

1 kg **Erdbeeren**

200 g **Walderdbeeren**

Außerdem:

Krokantherz und **-schleife** (vom Konditor)

Puderzucker zum Bestäuben

Zubereitung

FÜR 6–8 PERSONEN

1 Backofen auf 200 °C vorheizen. Mandeln, weiche Butter, Zucker, Mehl und Crème fraîche zu Streuseln verarbeiten. Vier Springformen mit 16, 18, 20 und 22 cm Durchmesser mit Backpapier auslegen. Die Krokantstreusel darin verteilen, glatt streichen und nacheinander 10 bis 12 Minuten im Ofen backen. Sobald die Streusel etwas verlaufen, mit einem Löffelrücken flach drücken. Kurz ruhen lassen, mit dem Papier aus der Form heben und abkühlen lassen.

2 Die weiße Schokolade im Wasserbad schmelzen, 150 g mit dem Mascarpone vermischen. Restliche Schokolade auf einer Platte glatt streichen und abkühlen lassen.

3 Den Orangensaft erhitzen. Die Gelatine in kaltem Wasser einweichen, gut ausdrücken und im Orangensaft auflösen. Etwas Schokocreme unter den Orangensaft rühren, dann alles unter die Schokocreme rühren. Die Sahne steif schlagen und unterziehen. Die Beeren putzen, waschen und trockentupfen, etwa 700 g Erdbeeren in Viertel schneiden und unter die Schokocreme rühren.

4 Den größten Krokantboden in der Mitte mit der Creme bestreichen, den zweiten Boden darauf setzen, ebenfalls mit Creme bestreichen und so fortfahren, bis alle Böden verbraucht sind.

5 Die restliche Schokolade zu Spänen schaben und auf dem Rand mit den restlichen Erdbeeren und den Walderdbeeren verteilen. Auf die obere Mitte das Herz und die Schleife setzen. Alles mit Puderzucker bestäuben.

Profiterolstern
mit Mandarinen

Aus der italienischen Backstube: Kleine, luftig-leichte Windbeutel werden mit Mandarinencreme gefüllt und zu einem Stern zusammengesetzt

Zutaten

Für den Brandteig:

1/8 l **Milch**

Salz · Zucker

75 g **Butter**

150 g **Mehl** · 4 **Eier**

Für die Creme:

6 Blatt weiße **Gelatine**

8 **Mandarinen** oder **Clementinen**

500 g **Sahnequark**

abgeriebene Schale von

1 unbehandelten **Zitrone**

2–3 EL **Zitronensaft**

100 g **Puderzucker**

400 g **Sahne** · 2 EL **Orangenlikör**

Außerdem:

Puderzucker zum Bestäuben

Gelee-Orangen zum Verzieren

Zubereitung

FÜR 6–8 PERSONEN

1 Den Backofen auf 200 °C vorheizen. Die Milch, 1/8 l Wasser, je 1 Prise Salz und Zucker sowie die Butter in kleinen Stückchen in einem Topf aufkochen. Das Mehl auf einmal hineingeben. Mit dem Kochlöffel so lange rühren, bis sich der Teig als Kloß vom Topfboden löst und ein weißer Belag am Boden entsteht. Die Masse in eine Schüssel geben und sofort ein Ei unterrühren. Das nächste Ei erst dann untermischen, wenn der Teig wieder glatt und geschmeidig ist. Der Teig ist fertig, wenn er glänzt und schwer reißend vom Löffel fällt.

2 Den Teig in einen Spritzbeutel mit Sterntülle füllen. Das Backblech mit Backpapier auslegen und tischtennisballgroße Profiteroles (Windbeutel) darauf spritzen. Im Ofen 25 bis 30 Minuten goldbraun backen und abkühlen lassen.

3 Die Gelatine in kaltem Wasser einweichen. Die Mandarinen schälen. Die Filets vollständig aus der weißen Haut auslösen und in kleine Stücke schneiden, den Saft auffangen.

4 Quark, Zitronenschale und -saft mit dem Puderzucker verrühren. Die Sahne steif schlagen. Die Gelatine ausdrücken. Den Orangenlikör erhitzen und die Gelatine darin auflösen. Unter die Quarkmasse rühren. Sobald die Creme zu gelieren beginnt, die Sahne und die Mandarinenstücke mit dem Saft unterheben.

5 Die Profiteroles halbieren und mit der Creme füllen. Auf einer großen Platte zu einem Stern zusammensetzen. Mit Puderzucker bestäuben. Die Gelee-Orangen klein schneiden und die Profiteroles damit garnieren.

Exotische Fruchtpie mit Zitrone

Zubereitung

FÜR 1 SPRINGFORM (26 cm Ø)

1 Mehl, Nüsse, Vanillezucker, Eigelb, 1 Prise Salz und Butter zu einem Teig verkneten. Zu einer Kugel formen, in Frischhaltefolie wickeln und 1 Stunde in den Kühlschrank legen. Die Springform einfetten. Backofen auf 200 °C vorheizen.

2 Den Teig ausrollen, in die Springform geben und einen Rand hochziehen. Mit Backpapier bedecken und die Hülsenfrüchte darauf streuen. Den Teig im Ofen 10 Minuten vorbacken. Hülsenfrüchte und Papier entfernen und den Boden gut auskühlen lassen.

3 Backofentemperatur auf 150 °C herunterschalten. Für die Füllung Eigelb mit Stärke, 5 EL Sahne und 50 g Puderzucker im Wasserbad schaumig schlagen. Zitronensaft und -schale untermischen. Eiweiß steif schlagen und den restlichen Puderzucker unterrühren. Eischnee vorsichtig unter die Zitronencreme ziehen. Die Masse auf dem Tortenboden verteilen und 25 Minuten im Ofen backen.

4 Die restliche Sahne steif schlagen, in einen Spritzbeutel füllen und den Kuchen damit am Rand verzieren.

Zutaten

Für den Mürbeteig:

150 g **Mehl** · 100 g geriebene **Haselnüsse**

1 Päckchen **Vanillezucker** · 1 **Eigelb**

Salz · 100 g kalte **Butter**

Für die Füllung:

5 **Eigelb** · 1 EL **Speisestärke**

275 g **Sahne** · 100 g **Puderzucker**

100 ml **Zitronensaft** · 1 TL abgeriebene

unbehandelte **Zitronenschale** · 3 **Eiweiß**

Außerdem:

Butter für die Form

Hülsenfrüchte zum Blindbacken

Zutaten

Für den Krokantteig:

50 g weiche **Butter**

100 g **Zucker** · 50 g **Mehl**

3 EL **Orangensaft**

50 g gehobelte **Mandeln**

Für die Füllung:

¾ l frisch gepresster

Orangensaft · 1 TL **Agar-Agar**

5 EL **Campari**

Außerdem:

Puderzucker zum Bestäuben

10 **Kumquats** · **Zitronenmelisse**

zum Verzieren

Krokanttorte
mit Orangengelee

Zubereitung
FÜR 1 SPRINGFORM (22 cm Ø)

1 Backofen auf 180 °C vorheizen. Butter, Zucker, Mehl und Orangensaft verrühren, Mandeln untermischen, den Teig halbieren. Eine Hälfte in die mit Backpapier ausgelegte Springform geben. Etwa 12 Minuten goldbraun backen, auf dem Papier erkalten lassen. Den zweiten Boden ebenfalls backen, noch heiß in 8 Tortenstücke teilen, erkalten lassen.

2 Den Orangensaft mit Agar-Agar gut verrühren und mindestens 2 Minuten kochen. Den Campari einrühren, abkühlen lassen, bis die Flüssigkeit zu gelieren beginnt, und in die mit Frischhaltefolie ausgelegte Springform füllen. Im Kühlschrank fest werden lassen.

3 Den ganzen Krokantboden auf eine Tortenplatte legen, darauf die Geleeschicht stürzen. Krokantstücke darauf legen, leicht festdrücken und mit Puderzucker bestäuben. Die in Scheiben geschnittenen Kumquats fächerartig auf die Torte legen. Mit Zitronenmelisse garnieren.

Weiße Schokotorte
mit kandierten Orangen

Ganz in Weiß: Eine Schokoladentorte muss nicht immer braun sein – mit kandierten Orangen verziert kommt sie ganz elegant daher

Zutaten

Für den Biskuitteig:

6 **Eigelb** · 180 g **Zucker**

1 Päckchen **Vanillezucker**

6 **Eiweiß**

120 g **Mehl** · 80 g **Speisestärke**

Für die Füllung:

6 Blatt weiße **Gelatine**

300 g weiße **Kuvertüre**

4 cl **Orangenlikör**

600 g **Sahne**

150 g kandierte **Orangen**

2 EL **Kakaopulver**

Außerdem:

Butter für die Form

Kakaopulver zum Bestäuben

100 g weiße **Kuvertüre**

2 Scheiben kandierte **Orangen**

Zubereitung

FÜR 1 SPRINGFORM (26 cm Ø)

1 Den Backofen auf 175 °C vorheizen. Die Springform einfetten. Eigelb mit der Hälfte des Zuckers und dem Vanillezucker schaumig rühren. Eiweiß steif schlagen und den restlichen Zucker unterrühren. Mehl und Stärke auf die Eigelbmasse sieben, Eischnee darauf geben und alles unterheben. Den Teig in die Springform geben, glatt streichen und im Ofen 25 bis 30 Minuten backen. Den Boden leicht abkühlen lassen. Dann vorsichtig mit einem dünnen Messer vom Rand der Form lösen, auf ein Kuchengitter stürzen, auskühlen und mindestens 2 Stunden ruhen lassen.

2 Die Gelatine in kaltem Wasser einweichen. Die klein gehackte Kuvertüre im Wasserbad schmelzen, den Orangenlikör unterrühren. Gelatine ausdrücken und unter die Kuvertüre rühren. Die Sahne steif schlagen, etwas beiseite stellen, den Rest unter die Schokomasse heben. In den Kühlschrank stellen, bis die Masse zu gelieren beginnt. Kandierte Orangen klein schneiden. Die Schoko-Sahne-Masse kurz aufrühren, die Masse halbieren und eine Hälfte erneut teilen. In ein Viertel der Schokosahne das Kakaopulver einrühren, unter den Rest die klein geschnittenen kandierten Orangen heben.

3 Den Tortenboden zweimal quer durchschneiden. Auf dem unteren Boden die dunkle Schokomasse verstreichen, den zweiten Boden darauf legen, darauf die Orangenmasse verstreichen. Den letzten Boden darauf legen und mit der restlichen Schoko-Sahne-Masse überziehen, mit 16 Sahnetupfern verzieren und mit Kakaopulver bestäuben. Die Torte etwa 3 Stunden in den Kühlschrank stellen. Von der Kuvertüre mit dem Sparschäler Späne abziehen und auf die Mitte der Torte geben. Die Orangenscheiben in Viertel schneiden und auf jeden zweiten Sahnetupfer legen.

No bake Cheesecake mit Limetten

Ideal für heiße Sommertage: **Dieser Kuchen wird im Kühlschrank gebacken und mit einer limettenfruchtigen** Frischkäsecreme **gefüllt**

Zutaten

Für den Boden:

100 g **Butter**

250 g **Biskuitkekse**

Für die Füllung:

6 Blatt weiße **Gelatine**

350 g **Doppelrahmfrischkäse**

150 g feiner **Zucker**

2 **Eier**

abgeriebene Schale und Saft von 2 unbehandelten **Limetten**

300 g **Sahne**

Außerdem:

Limettenspalten · Zitronenmelisse zum Verzieren

Zubereitung

FÜR 1 SPRINGFORM (22 cm Ø)

1 Die Butter in einen kleinen Topf geben und bei schwacher Hitze schmelzen. Die Biskuitkekse in ein Küchentuch wickeln oder in einen Gefrierbeutel füllen und mit einem Nudelholz zerkleinern. Die Biskuitbrösel zur Butter geben und zu einer Masse verrühren.

2 Die Springform mit Frischhaltefolie auslegen. Die Bröselmasse auf dem Boden der Form verteilen und andrücken. Den Kuchenboden 1 bis 2 Stunden in den Kühlschrank stellen.

3 Die Gelatine in kaltem Wasser einweichen. Den Frischkäse in einer Schüssel mit dem Zucker verrühren. Nach und nach die Eier darunter schlagen, die Limettenschale hinzufügen.

4 Die Gelatine leicht ausdrücken und in dem Limettensaft bei schwacher Hitze auflösen. Unter ständigem Rühren die Gelatine zum Frischkäse geben. Die Masse etwa 30 Minuten kühl stellen.

5 Die Sahne steif schlagen und unter die Frischkäsecreme ziehen. Die Creme auf dem Kuchenboden verteilen und glatt streichen. Den Kuchen nochmals 2 bis 3 Stunden in den Kühlschrank stellen. Den Cheesecake aus der Form nehmen und die Folie entfernen. Mit Limettenspalten sowie Zitronenmelisse dekorieren.

Schmetterlingstorte mit Ananassahne

Aber bitte mit Sahne: Ohne sie geht beim Backen fast nichts – besonders apart sehen die Schmetterlinge aus Früchten darauf aus

Zutaten

Für den Biskuitteig:

4 **Eier**

200 g **Zucker**

1 Päckchen **Vanillezucker**

200 g **Mehl** · 1 TL **Backpulver**

Für die Füllung:

6 Blatt weiße **Gelatine**

350 g **Ananasringe** (aus der Dose)

400 g **Sahne**

Außerdem:

400 g **Sahne**

2 Päckchen **Sahnesteif**

4 **Ananasringe** (aus der Dose)

4 **Erdbeeren**

1 unbehandelte **Limette**

2 EL fein gehackte **Pistazien**

Zitronenmelisse

Zubereitung

FÜR 2 SPRINGFORMEN (18 cm, 26 cm Ø)

1 Den Backofen auf 180 °C vorheizen. Die Eier trennen. Eigelb mit 4 EL Wasser, Zucker und Vanillezucker schaumig rühren. Eiweiß sehr steif schlagen und auf die Eigelbmasse geben, Mehl mit Backpulver darüber sieben und alles vorsichtig unterheben.

2 Die Böden der Springformen mit Backpapier auslegen und den Teig jeweils bis zur Hälfte einfüllen. Im Ofen nebeneinander etwa 30 Minuten backen. Aus dem Ofen nehmen und leicht abkühlen lassen. Vorsichtig mit einem dünnen Messer vom Rand der Form lösen, auf ein Kuchengitter stürzen, auskühlen und mindestens 2 Stunden ruhen lassen.

3 Gelatine in kaltem Wasser einweichen. Ananas abtropfen lassen, klein schneiden und pürieren. Gelatine tropfnass in einem kleinen Topf bei schwacher Hitze auflösen und unter das Ananaspüree rühren. Sahne steif schlagen und unterheben. Die Böden quer halbieren. Jeweils um den unteren Boden einen Tortenring stellen, die Ananassahne darauf verteilen und die oberen Böden darauf setzen. In den Kühlschrank stellen. Zum Verzieren die Sahne mit Sahnesteif und Vanillezucker steif schlagen und die Kuchen damit überziehen.

4 Ananasringe trockentupfen und in etwa 4 cm breite Stücke schneiden, an den Außenkanten kleine Kerben ausschneiden. Die Erdbeeren waschen und achteln. Die Limette waschen, schälen und von der Schale dünne Streifen abschneiden. Die beiden Kuchen aufeinander setzen, Ananas, Erdbeeren und Limettenstreifen auf der Torte zu Schmetterlingen legen: Ananas als Flügel, Erdbeeren als Körper und Limettenstreifen als Fühler. Die Torte mit Pistazien bestreuen und mit Zitronenmelisse dekorieren.

Schoko-Ecken
mit Minz-Sahne-Füllung

Zubereitung
FÜR 8–10 PERSONEN

1 Den Backofen auf 220 °C vorheizen. Eigelb mit 1 Prise Salz, Zitronenschale und der Hälfte des Zuckers cremig rühren. Eiweiß mit restlichem Zucker steif schlagen. Mehl, Stärke und Kakao auf die Eigelbmasse sieben, den Eischnee darauf geben und alles unterheben.

2 Den Teig auf ein mit Backpapier ausgelegtes Backblech streichen und im Ofen 8 bis 10 Minuten backen. Auf ein feuchtes Küchentuch stürzen, das Papier abziehen, mit einem zweiten feuchten Tuch bedecken, abkühlen lassen.

3 Die Gelatine in kaltem Wasser einweichen. Milch, Sahne, Zucker, Stärke und Eigelb verrühren, kurz aufkochen lassen. Vom Herd ziehen und den Pfefferminzsirup unterrühren. Die Gelatine in 3 bis 4 EL von der heißen Masse auflösen, gründlich mit der restlichen Masse verrühren. 1 Stunde kühl stellen, bis sie fest zu werden beginnt. Minzschokolade grob hacken und unterheben. Die Biskuitplatte quer halbieren und die Minzcreme auf eine Hälfte streichen. Die zweite Platte darauf setzen, etwas andrücken und 2 Stunden kühlen. Zum Servieren in Ecken schneiden.

Zutaten

Für den Biskuitteig:

8 **Eigelb** · **Salz**

2 TL abgeriebene unbehandelte **Zitronenschale**

100 g **Zucker** · 4 **Eiweiß**

60 g **Mehl** · 2 EL **Speisestärke**

50 g **Kakaopulver**

Für die Füllung:

4 Blatt weiße **Gelatine**

¼ l **Milch** · 200 g **Sahne**

75 g **Zucker** · 1 TL **Speisestärke**

2 **Eigelb** · 2 EL **Pfefferminzsirup**

100 g **Schokolade** mit Minzfüllung

Zutaten

Für den Boden:

200 g **Butterkekse** · 80 g flüssige **Butter**

Für den Belag:

5 Blatt weiße **Gelatine**

300 g **Himbeeren**

400 g **Frischkäse** · 125 g **Crème fraîche**

4 EL **Zucker** · Saft und abgeriebene

Schale von 1 unbehandelten **Zitrone**

200 g **Sahne**

Für den Guss:

1 Päckchen rote **Götterspeise** sowie

Zucker nach Packungsangabe

100 g **Himbeeren** zum Verzieren

Himbeer-Sahne-Torte
mit Frischkäse

Zubereitung
FÜR 1 SPRINGFORM (24 cm Ø)

1 Die Kekse in einen Gefrierbeutel füllen und mit einem Nudelholz zerkleinern. Gut mit der flüssigen Butter vermischen, auf dem Boden der Springform verteilen und andrücken. 30 Minuten kalt stellen.

2 Gelatine in kaltem Wasser einweichen. Himbeeren verlesen. Frischkäse, Crème fraîche, Zucker, Zitronensaft und -schale verrühren. Ausgedrückte Gelatine mit 3 EL Frischkäsemasse erwärmen und darin auflösen. Mit der restlichen Masse gut verrühren. Sahne steif schlagen und unterheben. Ein Drittel Creme auf dem Keksboden verteilen und glatt streichen. Beeren darauf geben, die restliche Creme darüber geben und glatt streichen. 2 Stunden kühl stellen.

3 Götterspeise nach Packungsangabe zubereiten und abkühlen, aber nicht fest werden lassen. Auf die Creme gießen, mit den Himbeeren garnieren. Nochmals 2 Stunden in den Kühlschrank stellen. Zum Servieren in Stücke schneiden.

Rot-weiß-Torte
mit Erdbeermousse

Genau das Richtige für einen Kindergeburtstag: Aber auch Erwachsene greifen bei dem rot-weißen Schachbrettmuster gerne zu

Zutaten

Für den Mürbeteig:

50 g **Marzipanrohmasse**

60 g kalte **Butter** · 100 g **Mehl**

2 EL **Zucker** · 1 **Eigelb**

Für die Füllung:

3 Blatt rote **Gelatine**

9 Blatt weiße **Gelatine**

200 g **Erdbeeren**

3 **Eier** · 100 g **Zucker**

500 g **Joghurt**

1 Päckchen **Vanillezucker**

200 g **Sahne**

Außerdem:

Butter für die Form

6 Blatt weiße **Gelatine**

500 g **Erdbeeren**

3 EL **Zucker** · 100 g **Crème fraîche**

gehackte **Pistazien** zum Verzieren

Zubereitung

FÜR 1 SPRINGFORM (26 cm Ø)

1 Marzipanrohmasse und Butter klein schneiden, mit Mehl, Zucker, und Eigelb vermischen und rasch zu einem Teig verkneten. Zu einer Kugel formen und in Frischhaltefolie gewickelt etwa 30 Minuten in den Kühlschrank stellen. Den Backofen auf 200 °C vorheizen. Den Boden der Springform einfetten und den Teig darauf ausrollen. Den Teig mehrmals mit einer Gabel einstechen und im Ofen 15 bis 20 Minuten backen, herausnehmen und abkühlen lassen.

2 Rote und weiße Gelatine getrennt in kaltem Wasser einweichen. Erdbeeren putzen, waschen und pürieren. Eier trennen, Eigelb mit 75 g Zucker schaumig schlagen, aufgelöste weiße Gelatine einrühren. Joghurt und Vanillezucker verrühren und unter die Eigelbmasse rühren. Sahne und Eiweiß getrennt steif schlagen und beides unter die Masse heben. Die Masse halbieren, die eine Hälfte mit dem Erdbeerpüree, der aufgelösten roten Gelatine und dem restlichen Zucker verrühren. Beide Massen in den Kühlschrank stellen, bis sie zu gelieren beginnen.

3 Um den Boden einen Tortenring stellen. Die Cremes jeweils in einen Spritzbeutel mit Lochtülle füllen und in zwei Schichten abwechselnd kreisförmig auf den Boden spritzen, 2 Stunden kühl stellen.

4 Die Gelatine in kaltem Wasser einweichen. Erdbeeren putzen, waschen und pürieren. Aufgelöste Gelatine und Zucker unterrühren, die Masse auf dem Kuchen verteilen und glatt streichen. Crème fraîche glatt rühren und mit einem Spritzbeutel mit kleiner Lochtülle sternförmig auf die Torte spritzen. Mit Holzstäbchen ein Muster durchziehen. Vor dem Servieren 2 Stunden kühl stellen. Den Tortenrand mit gehacken Pistazien verzieren.

Schokoladentorte mit Pralinen

Wer kann da noch **widerstehen?** Das Besondere im Teig sind die Ingwerpflaumen, die für ganz **neue** Gaumenerlebnisse sorgen

Zutaten

Für den Biskuitteig:

200 g **Marzipanrohmasse**

80 g weiche **Butter** · **Salz**

Mark von ½ **Vanilleschote** · 7 **Eigelb**

100 g eingelegte **Ingwerpflaumen**

80 g **Mehl** · 60 g **Kakaopulver**

7 **Eiweiß** · 160 g **Zucker**

200 g dunkle **Kuvertüre**

Außerdem:

Butter und **Paniermehl** für die Form

weiße und dunkle **Kuvertüre**

Ingwerpflaumen mit Schokoladenüberzug · **Pralinen**

Zubereitung

FÜR 1 SPRINGFORM (24 cm Ø)

1 Den Backofen auf 180 °C vorheizen. Die Marzipanrohmasse mit der Butter, 1 Prise Salz und dem Vanillemark verkneten. Eigelb dazugeben und schaumig rühren. Ingwerpflaumen abtropfen lassen, in feine Würfel schneiden und untermischen. Mehl und Kakaopulver sieben. Eiweiß mit dem Zucker steif schlagen. Eischnee portionsweise unter die Mischung heben. Die Mehl-Kakao-Mischung einrieseln lassen und vorsichtig unterheben.

2 Die Springform mit Butter einfetten und mit Paniermehl ausstreuen. Die Masse einfüllen und die Oberfläche glatt streichen. Im Ofen etwa 50 Minuten backen. Den Kuchen stürzen und auf einem Kuchengitter auskühlen lassen.

3 Die Kuvertüre im Wasserbad schmelzen und dick auf dem Kuchen und am Rand verteilen, glatt streichen und mit einer gezackten Teigkarte rundum den Rand verzieren. Abkühlen lassen.

4 Von der weißen und der dunklen Kuvertüre mit einem Sparschäler kurze Späne abziehen. Die Torte mit den Schokospänen, Ingwerpflaumen mit weißem und dunklem Schokoladenüberzug und Pralinen verzieren.

Wenn Kinder mitessen, sollten Sie darauf achten, dass die Pralinen keinen Alkohol enthalten. Verzieren Sie stattdessen die Torte für die Kleinen mit Mini-Schaumküssen oder Schokolinsen.

Fruchtsahnetorte

mit Pistazien

Zubereitung

FÜR 1 SPRINGFORM (24 cm Ø)

1 Den Backofen auf 170 °C vorheizen. Den Boden der Springform mit Backpapier auslegen.

2 Die Eier trennen. Eigelb mit 170 g Zucker schaumig schlagen. 1/8 l lauwarmes Wasser, Vanille-Aroma und Zitronensaft darunter rühren. Kuchenstreusel mit dem Backpulver mischen und unterheben. Eiweiß mit 1 Prise Salz und dem restlichen Zucker steif schlagen und unterheben. Teig in die Form füllen und etwa 1 Stunde backen. Den Tortenboden auf einem Kuchengitter abkühlen lassen.

3 Den Tortenboden dreimal quer durchschneiden. Die Gelatine in kaltem Wasser einweichen. Die Sahne steif schlagen. Gelatine tropfnass bei schwacher Hitze auflösen und unter die Sahne rühren. Die Sahne in 4 Portionen teilen. Ananasstücke, Aprikosen- und Himbeermarmelade jeweils unter eine der Sahneportionen ziehen. Drei Tortenböden mit jeweils einer Fruchtsahne bestreichen, die Böden aufeinander setzen, mit dem vierten Tortenboden abschließen. Die Torte mit der restlichen Sahne bestreichen und mit Pistazien bestreuen. Etwa 1 Stunde kühl stellen.

Zutaten

Für den Biskuitteig:

6 **Eier** · 250 g **Zucker**

½ Fläschchen **Vanille-Aroma**

½ EL **Zitronensaft**

250 g **Kuchenstreusel** (z. B. von einem Biskuit- oder Rührkuchen)

½ TL **Backpulver** · **Salz**

Für die Füllung:

6 Blatt weiße **Gelatine**

750 g **Sahne** · 150 g **Ananasstückchen**

je 125 g **Aprikosen-** und **Himbeermarmelade**

25 g gehackte **Pistazien**

Zutaten

Für den Teig:

4 **Eigelb** · 125 g **Zucker**

1 Päckchen **Vanillezucker**

4 **Eiweiß**

80 g **Mehl** · 40 g **Speisestärke**

40 g **Kakaopulver**

Für die Füllung und den Überzug:

1 **Banane** · 50 g weiche **Butter**

300 g **Frischkäse** · 70 g **Puderzucker**

1 Päckchen **Vanillezucker**

gelbe **Lebensmittelfarbe**

ca. 30 g dunkle **Kuvertüre**

Bananenkuchen mit Schokolade

Zubereitung

FÜR 4 PERSONEN

1 Backofen auf 175 °C vorheizen. Eigelb mit der Hälfte des Zuckers und dem Vanillezucker schaumig rühren. Eiweiß mit dem restlichen Zucker steif schlagen und unter das Eigelb heben. Mehl, Stärke und Kakao darüber sieben und unterheben. Auf ein mit Backpapier ausgelegtes Backblech streichen, 12 bis 15 Minuten backen. Auf ein feuchtes Küchentuch stürzen, auskühlen lassen. Aus Karton oder festem Papier eine 30 cm lange Bananen-Schablone schneiden. Zwei Bananenformen aus dem Teig schneiden.

2 Banane schälen und zerdrücken und mit Butter, Frischkäse, Puderzucker und Vanillezucker cremig rühren. Ein Drittel der Creme abnehmen und mit gelber Lebensmittelfarbe färben. Eine Kuchenschicht mit der Frischkäsecreme bestreichen, die zweite Schicht darauf setzen, andrücken und mit der gelb gefärbten Creme bestreichen. 30 Minuten kühl stellen. Zerkleinerte Kuvertüre im Wasserbad schmelzen. In einen Spritzbeutel mit kleiner Lochtülle füllen und die Banane damit verzieren. 2 Stunden kühl stellen.

Swimmingpool
mit Marshmallows

Ein Sprung ins kühle Nass gefällig? Lassen Sie Ihrer Kreativität bei der Herstellung des süßen Swimmingpools freien Lauf

Zutaten

Für den Biskuitteig:

2 **Eier** · 100 g **Zucker**

75 g **Mehl** · 50 g **Speisestärke**

1 gestrichener TL **Backpulver**

Außerdem:

4 Blatt weiße **Gelatine**

1 EL **Zucker**

blaue **Lebensmittelfarbe**

1 **Eiweiß** · 250 g **Puderzucker**

Löffelbiskuits

kleine **Marshmallows**

bunte **Schokoladenbonbons**

etwas **Mürbeteig**

Zubereitung

FÜR 1 SPRINGFORM (18 cm Ø)

1 Den Backofen auf 180 °C vorheizen. Für den Teig die Eier trennen. Das Eiweiß steif schlagen. Eigelb, 2 bis 3 EL Wasser und Zucker schaumig rühren, den Eischnee darauf geben. Mehl, Speisestärke und Backpulver mischen, darüber sieben und unterheben. Den Boden der Springform mit Backpapier auslegen. Den Teig einfüllen und etwa 25 Minuten backen. Biskuit aus der Form nehmen und auf einem Kuchengitter abkühlen lassen.

2 Die Gelatine in wenig kaltem Wasser einweichen. Den Zucker mit ¼ l Wasser erhitzen und mit der Lebensmittelfarbe blau einfärben. Die Gelatine darin auflösen. In eine Schüssel füllen und im Kühlschrank erstarren lassen.

3 Eiweiß mit gesiebtem Puderzucker zu einer spritzfähigen Masse verrühren. Etwa 2 bis 3 EL davon in einen Spritzbeutel mit kleiner Lochtülle füllen. Restliche Masse mit etwas Wasser verdünnen und die Torte damit überziehen. Löffelbiskuits aufrecht an den Rand der Torte setzen. Den oberen Rand mit Eischneemasse bespritzen und mit Marshmallows und Schokoladenbonbons verzieren.

4 Aus dem Mürbeteig für eine Leiter Außenstangen und Sprossen backen, mit Zuckerguss zusammenkleben. Die Leiter als Einstieg an den Pool lehnen. Blaues Gelee hacken und als Wasser im Pool verteilen. Den Swimmingpool nach Belieben mit Weingummiringen, kleinen Püppchen, Kandiszucker und Eisschirmchen dekorieren.

Früchtchen

Himbeer-Joghurt-Torte
mit Schokobiskuit

Der Sommer lässt grüßen: Zarte Himbeeren kombiniert mit frischer Joghurtcreme zwischen schokoladigen Biskuitböden sprechen alle Sinne an

Zutaten

Für den Biskuitteig:

6 **Eigelb** · 180 g **Zucker**

1 Päckchen **Vanillezucker**

6 **Eiweiß**

80 g **Mehl** · 60 g **Speisestärke**

60 g **Kakaopulver**

Für die Füllung:

6 Blatt weiße **Gelatine**

500 g **Joghurt** · 150 g **Schmand**

100 g **Zucker**

2 TL abgeriebene unbehandelte **Zitronenschale**

300 g **Himbeerkonfitüre**

600 g **Himbeeren**

300 g **Sahne**

Außerdem:

Butter für die Form

Zubereitung

FÜR 1 SPRINGFORM (26 cm Ø)

1 Für den Biskuitteig alle benötigten Zutaten genau abmessen und bereitstellen. Den Boden der Springform einfetten. Den Backofen auf 175 °C vorheizen. Eigelb mit der Hälfte des Zuckers und dem Vanillezucker schaumig rühren. Eiweiß steif schlagen, dabei den restlichen Zucker einrieseln lassen. Den Eischnee unter die Eigelbmasse heben.

2 Das Mehl mit der Speisestärke und dem Kakaopulver über die Eimasse sieben und unterheben. Den Teig in die Springform geben, glatt streichen und im Backofen 25 bis 30 Minuten backen. Den fertigen Boden leicht abkühlen lassen, vorsichtig mit einem dünnen Messer vom Rand der Springform lösen, auf ein Kuchengitter stürzen und erkalten lassen. Mindestens 2 Stunden ruhen lassen. Den Boden zweimal quer durchschneiden.

3 Für die Füllung die Gelatine in kaltem Wasser einweichen. Joghurt, Schmand, Zucker und Zitronenschale verrühren. Gelatine tropfnass bei schwacher Hitze auflösen und unter die Joghurtcreme rühren, in den Kühlschrank stellen, bis sie zu gelieren beginnt. Zwei Tortenböden mit je 100 g Konfitüre bestreichen und aufeinander setzen. Den Rand einer Springform darum legen.

4 Die Himbeeren waschen, trockentupfen und 100 g davon beiseite legen. Die Sahne steif schlagen und zusammen mit den Himbeeren unter die Joghurtcreme heben. Die Hälfte der Creme auf die zusammengesetzten Böden streichen. Den dritten Tortenboden darauf setzen und mit der restlichen Konfitüre bestreichen. Mit der restlichen Creme überziehen und mit den beiseite gestellten Himbeeren garnieren. Mindestens 2 Stunden kühl stellen.

Campari-Torte
mit Grapefruit und Orangen

Die Mischung macht's: Zwei verschiedene Teige sind die Grundlage für süße Orangen und leicht bittere Grapefruits in einer verführerischen Creme

Zutaten

Für den Mürbeteig:

150 g **Mehl** · 4 EL **Zucker** · **Salz**

1 **Eiweiß** · 100 g **Butter**

Für den Biskuitteig:

50 g **Butter** · 3 **Eier**

Salz · 150 g **Zucker** · 100 g **Mehl**

Für die Füllung:

2 rosa **Grapefruits** · 4 **Orangen**

7 Blatt weiße **Gelatine**

125 g **Puderzucker** · 300 g **Joghurt**

300 g **Mascarpone** · 5 EL **Campari**

600 ml **Grapefruitnektar**

400 g **Sahne**

Außerdem:

Butter für die Form

3 EL **Orangenmarmelade**

1 Päckchen weißer **Tortenguss**

125 g gehobelte **Mandeln**

Zubereitung

FÜR 1 SPRINGFORM (28 cm Ø)

1 Für den Mürbeteig alle Zutaten rasch verkneten, zur Kugel formen und in Folie gewickelt 30 Minuten kalt stellen. Backofen auf 200 °C vorheizen. Teig zwischen 2 Lagen Backpapier ausrollen und auf den Boden der mit Backpapier ausgelegten Springform legen. Im Ofen etwa 10 Minuten backen, herausnehmen und auskühlen lassen.
Für den Biskuit Butter schmelzen, Eier trennen. Eiweiß mit 1 Prise Salz und der Hälfte des Zuckers steif schlagen. Eigelb mit 3 EL warmem Wasser und dem restlichen Zucker schaumig schlagen. Mehl und Eischnee unter die Eigelbmasse heben. Butter unterziehen.
Die Springform einfetten, den Teig einfüllen und bei 180 °C etwa 30 Minuten backen. Gut auskühlen lassen und quer halbieren.

2 Orangenmarmelade erwärmen, durch ein Sieb streichen und auf den Mürbeteigboden streichen. Einen Biskuitboden auflegen und einen Tortenring darum legen. Grapefruits und Orangen schälen und die Filets vollständig aus der weißen Haut auslösen. Gelatine in kaltem Wasser einweichen. Puderzucker mit Joghurt, Mascarpone und 2 EL Campari verrühren. Ausgedrückte Gelatine in 350 ml Nektar erwärmen, bis sie aufgelöst ist, und unter die Creme rühren. In den Kühlschrank stellen, bis die Masse zu gelieren beginnt.

3 Sahne steif schlagen, 5 EL beiseite stellen, die restliche Sahne unter die Creme ziehen. Die Hälfte der Fruchtfilets auf den Biskuitboden legen, Creme darauf verteilen. Mit dem zweiten Biskuitboden abdecken, 2 Stunden kalt stellen. Restliche Grapefruit- und Orangenfilets kreisförmig auf den Kuchen legen. Restlichen Campari und Fruchtnektar verrühren. Tortenguss damit zubereiten, auf die Torte gießen, fest werden lassen. Tortenring entfernen, Sahne auf dem Rand verstreichen, mit gerösteten Mandeln garnieren.

Stachelbeertorte
mit Baiserhaube

Zubereitung
FÜR 1 SPRINGFORM (24 cm Ø)

1 Alle Teigzutaten zu einem Mürbeteig verkneten, in Folie wickeln und 30 Minuten im Kühlschrank ruhen lassen.

2 Für die Creme die Stachelbeeren 2 Minuten in kochendes Wasser tauchen und in einem Sieb gut abtropfen lassen. ⅜ l Milch mit der aufgeschnittenen Vanilleschote aufkochen. Zucker, 1 Prise Salz, Eigelb, restliche Milch und Mehl vermischen und unter die kochende Milch rühren, einmal aufkochen lassen. Die Creme durch ein Sieb streichen und die Stachelbeeren darunter mischen. Abkühlen lassen.

3 Backofen auf 200 °C vorheizen. Teig auf einer bemehlten Arbeitsfläche zu einem Kreis (26 cm Durchmesser) ausrollen, die mit Backpapier ausgelegte Springform damit auskleiden. Den Rand hochdrücken. Im Ofen 15 bis 20 Minuten backen, abkühlen lassen. Die Stachelbeercreme kuppelförmig darauf verteilen und 2 bis 3 Stunden kühl stellen. Backofen auf 250 °C vorheizen. Eiweiß mit 1 Prise Salz steif schlagen, den Zucker unterrühren. Baiser in einen Spritzbeutel mit Sterntülle füllen, die Torte damit verzieren. Im Backofen überbacken, bis die Oberfläche gebräunt ist.

Zutaten

Für den Mürbeteig:

300 g **Mehl** · 100 g **Zucker**

1 **Ei** · 200 g kalte **Butter**

Für die Creme:

500 g **Stachelbeeren**

½ l **Milch**

1 **Vanilleschote**

100 g **Zucker** · **Salz**

5 **Eigelb** · 60 g **Mehl**

Für das Baiser:

4 **Eiweiß** · **Salz**

200 g **Zucker**

Zutaten

Für den Mürbeteig:

250 g **Mehl** · 1 Msp **Backpulver**

125 g **Butter** · 1 **Ei** · 65 g **Zucker** · **Salz**

Für den Belag:

4 **Eier** · 750 g **Magerquark**

200 g **Crème fraîche**

2 Päckchen **Vanillezucker**

1 Dose gesüßte **Kokoscreme** (250 ml)

3 EL **Speisestärke** · 150 g **Kirschen**

150 g **Himbeeren** · 100 g **Zucker**

Außerdem:

Butter für die Form

Käsekuchen mit Kirschen und Himbeeren

Zubereitung

FÜR 1 SPRINGFORM (26 cm Ø)

1 Mehl mit Backpulver vermischen, mit Butter in Stücken, dem Ei, Zucker und 1 Prise Salz zu einem Teig verkneten. In Frischhaltefolie gewickelt 30 Minuten kalt stellen.

2 Für den Belag die Eier trennen. Quark mit Crème fraîche, Vanillezucker, Eigelb, Kokoscreme und Speisestärke glatt rühren. Den Backofen auf 175 °C vorheizen. Die Springform mit Butter einfetten. Den Teig auf einer bemehlten Arbeitsfläche etwas größer als die Form ausrollen. Form mit dem Teig auslegen. Kirschen und Himbeeren putzen, waschen und trockentupfen. Einige beiseite legen.

3 Eiweiß steif schlagen und den Zucker langsam einrieseln lassen, 4 bis 5 Minuten weiterschlagen. Mit den Kirschen und den Himbeeren unter die Quarkmasse heben, auf dem Teig verteilen und glatt streichen. Kuchen im Ofen etwa 60 bis 70 Minuten goldgelb backen. Herausnehmen und abkühlen lassen. Mit Beeren und Kirschen garnieren.

Erdbeer-Kuppel-Torte
mit Pistazien

Erdbeeren geben hier den Ton an: Ob püriert oder pur – Schicht für Schicht ein beeriges Vergnügen

Zutaten

Für den Krokantteig:

3 **Eier** · 100 g **Zucker** · 60 g **Mehl**

1 Päckchen **Citro-Back**

150 g gemahlene **Mandeln**

Für das Gelee:

200 g **Erdbeeren**

6 Blatt weiße **Gelatine**

250 ml roter **Johannisbeersaft**

4 EL **Zucker**

Für die Creme:

8 Blatt weiße **Gelatine**

300 g **Erdbeeren**

250 g **Speisequark** · 100 g **Zucker**

abgeriebene Schale und Saft von

1 unbehandelten **Zitrone**

200 g **Sahne**

Außerdem:

50 g gehackte **Pistazien**

Zubereitung

FÜR 1 SPRINGFORM (26 cm Ø)

1 Den Backofen auf 200 °C vorheizen. Die Eier trennen. Eiweiß steif schlagen, dabei die Hälfte des Zucker einrieseln lassen. Eigelb mit dem restlichen Zucker cremig rühren. Mehl, Citro-Back und Mandeln unterrühren, dann den Eischnee unterheben. Die Springform mit Backpapier auslegen, den Teig hineingeben, glatt streichen und im Ofen etwa 20 Minuten backen. Herausnehmen.

2 Erdbeeren putzen, waschen und in Scheiben schneiden. Gelatine in kaltem Wasser einweichen. Johannisbeersaft und Zucker gut verrühren. Gelatine mit etwas Saft in einem kleinen Topf bei schwacher Hitze auflösen und unter den restlichen Saft rühren. Mit den Erdbeeren in eine Kugelschüssel (26 cm Durchmesser am oberen Rand, etwa 3 l Inhalt) füllen. In den Kühlschrank stellen und fast vollständig gelieren lassen. Ausgekühlten Krokantboden einmal durchschneiden. Einen Boden kleiner schneiden, auf das Gelee legen.

3 Für die Creme die Gelatine in kaltem Wasser einweichen. Erdbeeren putzen und waschen, einige zum Garnieren beiseite legen, den Rest pürieren. Gelatine tropfnass in einem kleinen Topf bei schwacher Hitze auflösen, dann unter das Erdbeerpüree rühren. Quark, Zucker, Zitronenschale und -saft unterrühren. In den Kühlschrank stellen, bis die Masse zu gelieren beginnt.

4 Die Sahne steif schlagen und unterheben. Creme auf den Krokantboden in die Schüssel geben, glatt streichen, den großen Boden darauf legen und zugedeckt über Nacht in den Kühlschrank stellen. Torte mit einem dünnen Messer am Schüsselrand lösen, die Schüssel kurz in heißes Wasser stellen. Die Torte auf eine Tortenplatte stürzen, mit Erdbeerscheiben und Pistazien garnieren.

Mandarinenkuchen mit Quarkcreme

Eine klassische Kombination: Die kleinen süßen Früchte sind nicht nur gut in der Quarkcreme gebettet, sie finden auch noch auf dem Kuchen Platz

Zutaten

Für den Quark-Öl-Teig:

150 g **Magerquark** · 4 EL **Öl** · 1 **Ei**

50 g **Zucker** · 200 g **Mehl**

½ TL **Backpulver**

Für die Füllung:

470 g **Mandarinen** (aus der Dose)

750 g **Magerquark**

250 g **saure Sahne**

1 Päckchen **Vanillepuddingpulver**

1 TL **Backpulver** · 3 **Eier**

100 g weiche **Butter**

150 g **Zucker** · 1 EL **Zitronensaft**

1 TL abgeriebene unbehandelte **Zitronenschale**

Außerdem:

Butter für die Form · **Puderzucker**

Zubereitung

FÜR 1 SPRINGFORM (26 cm Ø)

1 Den Quark auf ein sauberes Küchentuch geben, abtropfen lassen und vorsichtig mit den Händen ausdrücken. Quark mit Öl, Ei, Zucker, Mehl und Backpulver vermischen und zu einem Teig verkneten. Den Backofen auf 180 °C vorheizen. Die Springform mit Butter einfetten.

2 Für die Füllung die Mandarinen in ein Sieb geben und abtropfen lassen. Den Magerquark in einer Schüssel mit saurer Sahne verrühren, Vanillepuddingpulver und Backpulver dazugeben und darunter rühren.

3 Die Eier trennen. Eigelb mit Butter und Zucker schaumig schlagen und unter die Quarkmasse rühren. Eiweiß mit Zitronensaft und -schale steif schlagen und ebenfalls vorsichtig unter die Quarkmasse heben, etwa die Hälfte der abgetropften Mandarinenfilets klein schneiden, dazugeben und unterrühren.

4 Den Teig auf einer leicht bemehlten Arbeitsfläche ausrollen, die Springform damit auskleiden und den Teig am Rand hochdrücken, die Quarkmasse einfüllen und die restlichen Mandarinen dekorativ auf dem Kuchen verteilen.

5 Den Kuchen im Backofen etwa 60 Minuten backen, herausnehmen, kurz abkühlen lassen, dann aus der Form nehmen und ganz auskühlen lassen. Zum Servieren die Torte mit Puderzucker bestäuben.

Rieslingtorte
mit Weintrauben

Zubereitung
FÜR 4 PERSONEN

1 Die Gelatine in kaltem Wasser einweichen. Das Eigelb mit 100 g Zucker, Zitronensaft und 200 ml Wein im Wasserbad zu einer schaumigen Creme schlagen. Die Gelatine gut ausdrücken und bei schwacher Hitze in einem Topf in 50 ml Wein auflösen. 3 EL Weincreme unterrühren und dann die Gelatine komplett unter die Weincreme rühren. Etwa 1 Stunde kühl stellen, ab und zu umrühren.

2 Wenn die Creme fest zu werden beginnt, die Sahne steif schlagen und unter die Creme heben. Den Biskuitboden auf eine Platte legen und mit einem Tortenring versehen. Die Creme darauf geben und glatt streichen.

3 Die Trauben waschen, von den Stielen zupfen und sorgfältig trockentupfen. Die Beeren auf die Creme geben und leicht andrücken. Die Torte 3 Stunden kühl stellen. Den Tortenguss nach Packungsanweisung mit dem restlichen Wein und 25 g Zucker zubereiten. Die Beeren mit dem Tortenguss überziehen. Die Traubentorte nochmals 30 Minuten kühl stellen.

Zutaten

8 Blatt weiße **Gelatine**

4 **Eigelb**

125 g **Zucker**

2 EL **Zitronensaft**

375 ml **Weißwein** (z.B. Riesling)

400 g **Sahne**

1 Lage heller **Wiener Biskuitboden**

750 g helle und blaue **Weintrauben**

1 Päckchen weißer **Tortenguss**

Zutaten

Für den Boden:

170 g **Mandelkekse**

125 g **Butter**

Für den Belag:

2 Blatt weiße **Gelatine**

Saft von 1 **Zitrone**

150 g **Vollmilchjoghurt**

600 g **Frischkäse** · 300 g **Sahne**

4 EL **Weißwein**

2 EL **Zucker** · 1 TL **Speisestärke**

½ **Zimtstange**

100 g **Heidelbeeren** (aus dem Glas)

Frischkäsetorte mit Heidelbeeren

Zubereitung

FÜR 1 SPRINGFORM (22 cm Ø)

1 Die Kekse in einen Gefrierbeutel füllen und mit dem Nudelholz zerkleinern. Die Butter schmelzen und darunter rühren. Die Springform mit Backpapier auslegen und die Masse darauf verteilen. Festdrücken und kalt stellen.

2 Gelatine in kaltem Wasser einweichen, ausdrücken und im erhitzten Zitronensaft auflösen. 1 bis 2 EL Joghurt unterrühren, mit dem restlichen Joghurt und dem Frischkäse zu einer glatten Masse verrühren. Sahne steif schlagen und gleichmäßig unter die Masse heben. In die Springform füllen, glatt streichen und erneut kalt stellen.

3 Wein, 4 EL Wasser und Zucker vermischen, 1 EL davon mit der Stärke verrühren. Restliche Flüssigkeit mit der Zimtstange aufkochen und mit der Stärke binden. Aufkochen lassen, Zimtstange entfernen. Abgetropfte Heidelbeeren dazugeben, abkühlen lassen und auf der Torte verteilen, sodass ein weißer Rand bleibt. Gut gekühlt servieren.

Erdbeertorte
mit Holunderblütencreme

Da muss die Kaffeetafel im Freien gedeckt werden: Wenn die Erdbeeren reifen und der Holunder blüht, ist die Gartensaison eröffnet

Zutaten

Für den Biskuitteig:

2 **Eier** · 50 g **Zucker**

30 g **Mehl** · 30 g **Speisestärke**

40 g fein gerebelte **Holunderblüten**

20 g flüssige **Butter**

Für die Creme:

¼ l **Weißwein** · 100 g **Zucker**

Saft von ½ **Zitrone**

Mark von ½ **Vanilleschote**

Blüten von 8 **Holunderdolden**

5 Blatt weiße **Gelatine**

100 g **saure Sahne** · 300 g **Sahne**

500 g **Erdbeeren**

100 g **Erdbeerkonfitüre**

Zubereitung

FÜR 1 SPRINGFORM (24 cm Ø)

1 Den Backofen auf 180 °C vorheizen. Die Eier mit Zucker im Wasserbad dickschaumig schlagen. Herausnehmen und so lange weiterschlagen, bis die Masse kalt ist. Mehl, Speisestärke und gerebelte Holunderblüten darüber sieben und locker untermischen. Die flüssige Butter gleichmäßig unterziehen.

2 Die Springform mit Backpapier auslegen und die Biskuitmasse hineinfüllen. Die Oberfläche glatt streichen und den Teig im Ofen etwa 30 Minuten backen. In der Form abkühlen lassen.

3 Weißwein mit Zucker, Zitronensaft und Vanillemark aufkochen, dann etwas abkühlen lassen und die gewaschenen und gut abgetropften Holunderblüten hineinlegen. Über Nacht ziehen lassen. In ein Sieb abgießen und die Flüssigkeit auffangen.

4 Gelatine in kaltem Wasser einweichen. Etwas Holunderwein erhitzen und die ausgedrückte Gelatine darin auflösen. Die saure Sahne unterrühren und kühl stellen, bis die Mischung zu gelieren beginnt.

5 Die Sahne steif schlagen und ein Drittel davon unter die Holundermasse rühren, den Rest locker unterheben. Die Creme auf dem Biskuitboden in der Springform gleichmäßig verteilen, kalt stellen.

6 Die Erdbeeren putzen und waschen, je nach Größe ganz lassen oder halbieren. Die Holundercreme dicht damit belegen. Die Erdbeerkonfitüre mit 2 EL Wasser aufkochen lassen, mit dem Stabmixer fein pürieren und die Erdbeeren damit glasieren. Nach Belieben mit Puderzucker bestäuben.

Rhabarberkuchen
mit Vanillesauce

Dann ist der Frühling endlich da: Der Mai ist die beste Zeit für säuerlich-fruchtige Rhabarberkuchen – und die Vanillesauce passt ideal dazu

Zutaten

Für den Mürbeteig:

250 g **Mehl** · **Salz**

1 Päckchen **Vanillezucker**

50 g **Puderzucker** · 1 **Ei**

125 g kalte **Butter**

Für die Vanillesauce:

¼ l **Milch** · 250 g **Sahne**

1 **Vanilleschote**

5 **Eigelb** · 115 g **Zucker**

Für die Füllung:

250 g **Quark** · 2 **Eier**

Saft und abgeriebene Schale von

1 unbehandelten **Zitrone**

75 g **Zucker**

3 Stangen **Rhabarber**

Außerdem:

Butter für die Form

Zubereitung

FÜR 1 TARTEFORM (26 cm Ø)

1 Für den Teig das Mehl auf die Arbeitsfläche häufen, mit 1 Prise Salz und dem Vanille- und Puderzucker mischen. In die Mitte des Mehls eine Mulde drücken, das Ei hineingeben, die Butter in kleinen Stücken auf dem Rand verteilen und sämtliche Zutaten mit dem Messer gut durchhacken, sodass kleine Teigkrümel entstehen. Mit kalten Händen rasch zu einem Teig verkneten, zu einer Kugel formen, in Frischhaltefolie wickeln und etwa 30 Minuten in den Kühlschrank legen.

2 Für die Vanillesauce Milch und Sahne verrühren. Vanilleschote aufschlitzen, das Mark herauskratzen und beides mit der Sahnemilch aufkochen. Eigelb mit 100 g Zucker in einer Schüssel cremig schlagen. Die heiße Sahnemilch in die Eigelbcreme rühren, alles zurück in den Topf gießen und bei schwacher Hitze zur Sauce aufschlagen, nicht kochen lassen. Die Vanillesauce durch ein Sieb streichen und die Oberfläche dünn mit dem restlichen Zucker bestreuen, damit sich keine Haut bildet.

3 Die Tarteform einfetten. Den Teig auf einer bemehlten Arbeitsfläche ausrollen, in die Form legen, den Rand in Wellen formen und den Boden mehrmals mit einer Gabel einstechen. Quark, Eier, Zitronensaft und -schale mit dem Zucker verrühren und auf dem Teig verteilen. Den Backofen auf 180 °C vorheizen.

4 Den Rhabarber schälen und in etwa 3 cm lange Stücke schneiden, auf den Quark geben. Im Backofen etwa 40 Minuten backen. Den Rhabarberkuchen mit der Vanillesauce servieren.

Zitronentarte mit Minze

Zubereitung

FÜR 1 TARTEFORM (24 cm Ø)

1 Für den Teig das Ei trennen. Eigelb mit Mehl, 1 Prise Salz, Zucker, 1 bis 2 EL kaltem Wasser und Butter in Stückchen zu einem glatten Mürbeteig verkneten. In Folie wickeln und 30 Minuten im Kühlschrank ruhen lassen.

2 Teig auf einer leicht bemehlten Arbeitsfläche etwas größer als die Tarteform ausrollen. Die Form damit auskleiden und den Teig am Rand hochdrücken. Teigränder abschneiden, Teigboden mehrmals einstechen, etwa 15 Minuten kühl stellen.

3 Backofen auf 190 °C vorheizen. Mürbeteig 15 bis 20 Minuten hellbraun backen. Boden mit verquirltem Eiweiß bestreichen. Backofentemperatur auf 170 °C schalten.

4 Für den Belag alle Zutaten verrühren. Die Tarteform auf ein Backblech stellen und drei Viertel der Füllung hineingießen. In den Ofen schieben und den Rest der Füllung dazugießen – so wird das Überlaufen verhindert. Im Ofen 25 bis 30 Minuten backen. Mit Minzeblättern und Zitronenscheiben garnieren, mit Puderzucker bestäuben.

Zutaten

Für den Mürbeteig:

1 **Ei** · 140 g **Mehl** · **Salz**

30 g feiner **Zucker** · 85 g kalte **Butter**

Für den Belag:

4 **Eier** · 1 **Eigelb**

150 g **Sahne** · 110 g feiner **Zucker**

abgeriebene Schale von 2 unbehandelten **Zitronen** · Saft von 3 **Zitronen**

Außerdem:

Minzeblätter · **Zitronenscheiben**

Puderzucker zum Bestäuben

Zutaten

Für das Baiser:

8 **Eiweiß** · 500 g feiner **Zucker**

1 Fläschchen **Vanille-Aroma**

1 TL **Essigessenz**

Für die Creme:

120 g **Zucker** · 50 g **Speisestärke**

4 **Eigelb** · ½ l **Milch**

Mark von 1 **Vanilleschote**

250 g **Sahne**

Außerdem:

400 g exotische **Früchte** (z.B. Kiwi, Ananas, Mango, Karambole, Physalis)

Baisertorte
mit exotischen Früchten

Zubereitung
FÜR 6–8 PERSONEN

1 Den Backofen auf 100 °C vorheizen. Für das Baiser das Eiweiß steif schlagen, dabei langsam den Zucker einrieseln lassen. Vanille-Aroma und Essigessenz dazugeben und so lange schlagen, bis eine feste Masse entstanden ist. Baiser in einen Spritzbeutel mit großer Lochtülle füllen und spiralförmig einen Boden (24 cm Durchmesser) auf ein mit Backpapier ausgelegtes Backblech spritzen. Den Baiserboden 2 bis 2½ Stunden im Ofen trocknen lassen. Den Boden bei leicht geöffneter Ofentür auskühlen lassen.

2 Die Hälfte des Zuckers mit Speisestärke, Eigelb und der Hälfte der Milch verrühren. Restliche Milch, restlichen Zucker und Vanillemark aufkochen. Die Speisestärkemischung unter Rühren zur Milch geben, aufkochen. Die Creme abkühlen lassen, ab und zu umrühren. Sahne steif schlagen und unter die Creme ziehen. Kurz vor dem Servieren auf dem Baiserboden verteilen. Die Früchte schälen oder waschen und in Stücke schneiden. Die Torte mit den Früchten und nach Belieben mit Kokosspänen dekorieren.

Knuspertarte mit Orangen

Ein **Glanzstück** aus der französischen Zuckerbäckerei: Die Tarte aus dünnem knusprigem Teig wird hier mit einer Orangencreme **gefüllt**

Zutaten

Für den Mürbeteig:

200 g **Mehl**

100 g kalte **Butter** · **Salz**

Für die Creme:

3 **Eier** · 150 g **Zucker**

150 g **Crème double**

Saft und abgeriebene Schale von

2 unbehandelten **Orangen**

75 g **Butter**

1 Päckchen weißer **Tortenguss**

¼ l **Orangensaft**

Außerdem:

Butter für die Form

Hülsenfrüchte zum Blindbacken

1 unbehandelte **Orange**

2 EL **Zucker**

Zubereitung

FÜR 1 TARTEFORM (24 cm Ø)

1 Mehl, Butter in kleinen Stücken, 1 Prise Salz und 1 bis 2 EL Wasser rasch zu einem Mürbeteig verkneten, zu einer Kugel formen und in Frischhaltefolie gewickelt etwa 1 Stunde in den Kühlschrank stellen. Die Tarteform einfetten. Backofen auf 200 °C vorheizen.

2 Den Teig auf einer bemehlten Arbeitsfläche in der Größe der Tarteform ausrollen und die Form damit auskleiden, den überstehenden Rand mit dem Nudelholz abrollen. Backpapier in Formgröße zurechtschneiden, auf den Teig legen und mit getrockneten Hülsenfrüchten bedecken. Im Ofen 20 Minuten backen. Herausnehmen, Backpapier und Hülsenfrüchte entfernen und weitere 10 Minuten backen, bis der Teig goldgelb ist.

3 In der Zwischenzeit für die Creme Eier mit Zucker in einer Metallschüssel schaumig schlagen, Crème double, Orangensaft und abgeriebene Schale unterrühren und die Butter in kleinen Flöckchen hinzufügen. Im heißen Wasserbad mit dem Handrührgerät dickcremig aufschlagen. Die Creme auf den heißen Boden geben, glatt streichen und im Backofen bei 180 °C etwa 45 Minuten backen, bis der Belag fest ist. Er soll hell bleiben und nicht bräunen, zum Schluss eventuell mit Alufolie abdecken, herausnehmen und abkühlen lassen. Dann mit Tortenguss (nach Packungsanweisung mit Orangensaft anrühren) überziehen.

4 Orange heiß waschen, trockenreiben und in Scheiben schneiden. Auf ein mit Backpapier ausgelegtes Backblech legen, mit Zucker bestreuen und unter dem heißen Grill kurz bräunen. Die Tarte mit den Orangenscheiben belegen und servieren.

Klassiker

Charlotte
mit Erdbeermousse

Süßer Genuss vom Feinsten: Dieser verführerischen Kreation aus Früchten, Creme und Löffelbiskuits gab nicht umsonst eine englische Prinzessin den Namen

Zutaten

1 kg **Erdbeeren**

12 Blatt weiße **Gelatine**

500 g **Mascarpone**

Saft von 1 **Zitrone**

4 cl **Orangenlikör**

4 cl brauner **Tequila**

50 g **Zucker**

ca. 40 **Löffelbiskuits**

Außerdem:

dunkle **Kuvertüre** zum Verzieren

Puderzucker zum Bestäuben

Zubereitung
FÜR 4 PERSONEN

1 Die Erdbeeren verlesen, waschen und abtropfen lassen, etwa 700 g davon pürieren. Die Gelatine in kaltem Wasser einweichen.

2 Mascarpone mit Zitronensaft, Orangenlikör, Tequila, Zucker und Erdbeerpüree verrühren.

3 Die Gelatine tropfnass in einem kleinen Topf auflösen, mit etwas Erdbeercreme verrühren. Dann in die ganze Creme einrühren und etwa 30 Minuten in den Kühlschrank stellen, bis die Masse zu gelieren beginnt.

4 Vier Dessertschalen (mit je etwa ¼ l Fassungsvermögen) mit Frischhaltefolie auslegen und die Löffelbiskuits nebeneinander an den Rand stellen. Die Erdbeercreme einfüllen, glatt streichen und etwa 2 Stunden kalt stellen.

5 Zum Servieren die Charlottes auf Teller stürzen. Die Kuvertüre schmelzen lassen, in einen Gefrierbeutel geben, eine Ecke abschneiden und die Biskuits mit der Kuvertüre verzieren. Die Charlottes mit den restlichen Erdbeeren dekorieren und mit Puderzucker bestäuben.

Hier wird die einfache Variante der Charlotte mit Löffelbiskuits zubereitet. Sie können den Biskuitteig auch selbst backen, die Formen damit auskleiden und mit Creme und Früchten füllen.

Rosentorte
mit Weincreme

Ein wahrer Tortentraum: Duftende Rosenblätter als Dekor sind ideal für außergewöhnliche Anlässe oder besonders liebe Gäste

Zutaten

Für den Biskuitteig:

5 **Eier** · 150 g **Zucker**

75 g **Mehl** · 75 g **Speisestärke**

100 g geröstete gemahlene **Mandeln** · **Salz**

Für die Füllung:

350 ml **Weißwein** · 2 cl **Cognac**

4 cl **Amaretto** · 75 g **Zucker**

7 große, blühende, dunkelrote, unbehandelte **Rosen**

4 Blatt weiße **Gelatine**

500 g **Sahne**

Außerdem:

1 **Eiweiß** · 2–3 EL **Zucker**

2–3 EL geröstete gehobelte **Mandeln**

Zubereitung

FÜR 1 SPRINGFORM (24 cm Ø)

1 Die Eier trennen. Eigelb mit 50 g Zucker und 2 EL Wasser schaumig schlagen. Mehl, Speisestärke und Mandeln vermischen. Backofen auf 180 °C vorheizen. Springform mit Backpapier auslegen.

2 Eiweiß mit 1 Prise Salz und dem restlichen Zucker steif schlagen. Eischnee zur Eigelbmasse geben und die Mehlmischung darüber verteilen. Gleichmäßig unterheben und die Masse in die Springform füllen. Die Oberfläche glatt streichen. Im Ofen etwa 40 Minuten backen, herausnehmen und auskühlen lassen.

3 Weißwein, Cognac, Amaretto und Zucker verrühren. Von 4 Rosen die Blätter abzupfen und etwa 2 Stunden in die Weinmischung legen. Durch ein Sieb gießen und erwärmen. Die Gelatine in wenig kaltem Wasser einweichen.

4 Die gut ausgedrückte Gelatine in der Weinmischung auflösen. So lange schlagen, bis die Flüssigkeit leicht schaumig wird und zu gelieren beginnt. Die Sahne steif schlagen und die Hälfte davon unter das Weingelee ziehen. Restliche Sahne kalt stellen.

5 Den Biskuit zweimal durchschneiden und einen Boden in die Springform legen. Die Hälfte der Creme darauf verteilen und den Vorgang wiederholen. Zum Schluss mit dem dritten Boden bedecken. Die Torte 2 bis 3 Stunden kalt stellen.

6 Die Blätter der übrigen Rosen abzupfen, mit Eiweiß bestreichen und mit Zucker bestreuen. Im Backofen bei 50 °C etwa 1 Stunde trocknen lassen, dabei zwischendurch vom Gitter lösen. Die Torte mit der restlichen Sahne rundherum bestreichen, die Oberfläche mit den Rosenblättern, den Rand mit Mandelblättchen garnieren.

Erdbeer-Schoko-Torte
mit Sahne

Zubereitung
FÜR 1 SPRINGFORM (26 cm Ø)

1 Den Backofen auf 175 °C vorheizen. Springform einfetten. Eigelb mit der Hälfte des Zuckers und dem Vanillezucker schaumig rühren. Eiweiß steif schlagen, den restlichen Zucker einrieseln lassen. Unter die Masse heben. Mehl, Stärke und Kakao darüber sieben und unterheben. Den Teig in die Form geben und glatt streichen. Im Backofen 25 bis 30 Minuten backen. Etwas abkühlen lassen, vorsichtig vom Rand der Springform lösen, auf ein Kuchengitter stürzen und 2 Stunden ruhen lassen.

2 Sahne mit Vanillezucker steif schlagen. Erdbeeren putzen, waschen und halbieren. Kuvertüre zerkleinern und im Wasserbad schmelzen. Den Kuchen zweimal quer durchschneiden. Den unteren Boden mit etwas Kuvertüre bestreichen, die Hälfte der Sahne darauf verteilen, mit der Hälfte der Erdbeeren belegen. Den zweiten Boden darauf setzen, mit Kuvertüre bestreichen, restliche Sahne und Erdbeeren darauf verteilen. Den oberen Boden aufsetzen und die ganze Torte mit Kuvertüre überziehen. Mit Erdbeeren garnieren.

Zutaten

Für den Biskuitteig:

6 **Eigelb** · 180 g **Zucker**

1 Päckchen **Vanillezucker** · 6 **Eiweiß**

80 g **Mehl** · 60 g **Speisestärke**

60 g **Kakaopulver**

Für die Füllung:

500 g **Sahne** · 1 Päckchen **Vanillezucker**

300 g **Erdbeeren**

500 g dunkle **Kuvertüre**

Außerdem:

Butter für die Form

einige schöne **Erdbeeren** zum Verzieren

Zutaten

Für den Biskuitteig:

100 g dunkle **Kuvertüre**

6 **Eier** · 130 g weiche **Butter**

60 g **Vanillezucker**

150 g geschälte, gemahlene **Mandeln**

25 g **Mehl** · 5 g **Instant-Kaffeepulver**

100 g **Zucker** · **Salz**

Für die Glasur:

200 g **Aprikosenkonfitüre**

100 g **Mandelstifte**

180 g **Butter** · 180 g dunkle **Kuvertüre**

Außerdem:

Butter und **Paniermehl** für die Form

Rehrücken mit Mandelstiften

Zubereitung

FÜR 1 REHRÜCKENFORM

1 Kuvertüre im Wasserbad schmelzen und etwas abkühlen lassen. Eier trennen. Butter und Vanillezucker schaumig schlagen, das Eigelb unterrühren. Kuvertüre unterschlagen. Mandeln, Mehl und Kaffee vermischen und unterziehen. Die Form einfetten, mit Paniermehl ausstreuen.

2 Backofen auf 180 °C vorheizen. Eiweiß mit Zucker und 1 Prise Salz zu festem Schnee schlagen. Ein Drittel des Eischnees unter den Teig rühren, den Rest unterheben. Den Teig in die Form füllen und im Ofen 1 Stunde backen. Herausnehmen, abkühlen lassen und stürzen.

3 Die Aprikosenkonfitüre erhitzen. Den Kuchen zweimal der Länge nach aufschneiden und mit Konfitüre bestreichen. Kuchen wieder zusammensetzen, von außen dünn mit Konfitüre bestreichen und mit Mandelstiften spicken. Butter und Kuvertüre getrennt schmelzen und auf 36 °C abkühlen lassen. Vermischen und den Kuchen damit überziehen.

Schokoladentorte mit Rosenblüten

Ein Hoch auf die Romantik: Die kunstvolle Dekoration aus kandierten Rosenblüten ist fast zu schön, um sie mitzuessen

Zutaten

1 Packung dunkler **Wiener Biskuitboden** (Fertigprodukt; 3 Platten)

50 ml **Orangensaft**

175 g dunkle **Kuvertüre**

250 g **Sahne**

1 EL abgeriebene unbehandelte **Orangenschale**

Außerdem:

ca. 10 unbehandelte **Rosenblätter**

ca. 1 EL **Kakaopulver**

unbehandelte **Rosenblüten** oder **Rosenblütenblätter**

1 **Eiweiß** · feiner **Zucker**

Zubereitung

FÜR 4 STÜCKE

1 Aus den Biskuitschichten 3 Quadrate von etwa 16 x 16 cm schneiden, 2 Quadrate mit Orangensaft beträufeln und die Hälfte der Teigreste mit den Fingern fein zerkrümeln. 125 g der Kuvertüre klein hacken und im Wasserbad schmelzen, dann etwas abkühlen lassen. Die Sahne steif schlagen. Orangenschale und Kuvertüre unter die Sahne rühren. Die Masse halbieren und unter eine Hälfte die Biskuitbrösel heben.

2 Die Teigschicht ohne Orangensaft mit der Hälfte der Biskuitmousse bestreichen, eine weitere Teigschicht darauf legen, die restliche Biskuitmousse darauf verstreichen und die dritte Teigschicht mit der beträufelten Seite nach unten darauf setzen und leicht andrücken. Die Torte mit der Schokomousse rundum bestreichen, dann kalt stellen.

3 Zum Verzieren die restliche Kuvertüre klein hacken und im Wasserbad schmelzen. Die Rosenblätter mit der gerippten Seite in die Kuvertüre tauchen und auf Backpapier im Kühlschrank erstarren lassen. Dann die Rosenblätter vorsichtig abziehen und den Kuchen mit den Schokoblättern verzieren, mit Kakaopulver bestäuben. Rosenblüten durch verquirltes Eiweiß ziehen und im Zucker wenden, trocknen lassen und die Torte mit den kandierten Rosenblüten dekorieren.

Schwarzwälder Kirsch
mit Schokoladenröllchen

Sie darf auf keiner Kaffeetafel fehlen: Das Prunkstück aus dem Schwarzwald kommt nie aus der Mode und ist gar nicht so schwer

Zutaten

Für den Biskuitteig:

100 g **Zartbitterschokolade**

150 g weiche **Butter** · 150 g **Zucker**

1 Päckchen **Vanillezucker** · 4 **Eier**

je 50 g gemahlene **Mandeln**, **Mehl**, **Speisestärke** und **Paniermehl**

1 Päckchen **Backpulver**

Für die Füllung:

4 EL **Kirschwasser**

6 Blätter **Gelatine**

500 g **Sauerkirschen**

2 EL **Zitronensaft**

600 g **Sahne** · 2 EL **Zucker**

Außerdem:

Butter für die Form

Belegkirschen und **Schokoröllchen** zum Verzieren

Zubereitung

FÜR 1 SPRINGFORM (24 cm Ø)

1 Den Backofen auf 180 °C vorheizen. Die Schokolade zerkleinern und im Wasserbad schmelzen. Butter mit dem Zucker und dem Vanillezucker schaumig rühren. Die Eier trennen. Eigelb und die noch flüssige, aber abgekühlte Schokolade in die Buttermasse rühren. Mandeln mit Mehl, Speisestärke, Paniermehl und dem Backpulver mischen. Eiweiß steif schlagen und mit der Mehlmischung unter die Masse ziehen.

2 Den Boden der Springform einfetten, den Teig hineinfüllen, glatt streichen und den Kuchen auf der unteren Schiene im Backofen 45 Minuten backen, herausnehmen und mindestens 3 Stunden ruhen lassen.

3 Den Tortenboden zweimal durchschneiden und mit Kirschwasser beträufeln. Die Gelatine einweichen. Die Kirschen waschen, entsteinen, mit dem Zitronensaft und 1/8 l Wasser einige Minuten köcheln, abtropfen lassen. Die Sahne mit dem Zucker steif schlagen, die ausgedrückte Gelatine bei schwacher Hitze in einem kleinen Topf auflösen, etwas Sahne untermischen, dann mit der restlichen Sahne verrühren.

4 Den unteren Tortenboden mit etwas Sahne bestreichen und mit den abgekühlten Kirschen belegen, einen Tortenboden darauf setzen, ebenfalls mit Sahne bestreichen und die restlichen Kirschen darauf verteilen. Mit dem letzten Boden abdecken, die Torte mit der restlichen Sahne rundum bestreichen und mithilfe eines Spritzbeutels mit Sahnetupfern verzieren. Mit Belegkirschen und Schokoröllchen garnieren. Sie können statt der Belegkirschen auch Sauerkirschen verwenden und die Torte mit Schokoraspeln verzieren.

Spanische Tarte mit Minzeblättchen

Zubereitung

FÜR 1 SPRINGFORM (24 cm Ø)

1 Für den Teig Mehl und 1 Prise Salz mischen. In die Mitte eine Vertiefung drücken und Ei, Anisschnaps und Milch hineingeben, mit etwas Mehl verrühren. Die Butter in Stückchen am Rand verteilen, alles schnell zu einem glatten Teig verkneten. In Folie wickeln und 30 Minuten im Kühlschrank ruhen lassen. Backofen auf 170 °C vorheizen.

2 Für den Belag die Eier mit Honig, Zucker, Frischkäse oder Sahnequark sowie Anisschnaps verrühren. Etwa die Hälfte der Minzeblättchen dazugeben und untermischen.

3 Den Teig auf einer leicht bemehlten Arbeitsfläche etwas größer als die Springform ausrollen. Die Form einfetten und mit dem Teig auskleiden, dabei einen 3 bis 4 cm hohen Rand formen. Den Teig mit einer Gabel mehrmals einstechen. Die Füllung darauf verteilen und den Kuchen im Ofen 40 bis 50 Minuten backen.

4 Den Kuchen in der Form auskühlen lassen, dann erst herauslösen. Mit Puderzucker bestäuben und mit den restlichen Minzeblättchen dekorieren.

Zutaten

Für den Mürbeteig:

180 g **Mehl** · **Salz**

1 **Ei** · 1 EL **Anisschnaps**

2 EL **Milch** · 80 g kalte **Butter**

Für den Belag:

4 **Eier** · 6 EL **Honig** · 180 g feiner **Zucker**

600 g **Doppelrahmfrischkäse**

oder **Sahnequark**

2 EL **Anisschnaps** · 40–50 **Minzeblättchen**

Außerdem:

Butter für die Form

Puderzucker zum Bestäuben

Zutaten

Für den Biskuitteig:

6 **Eier**

abgeriebene Schale und

Saft von 1 unbehandelten **Zitrone**

250 g **Zucker** · 125 g **Mehl**

¼ TL **Zimtpulver**

60 g geschälte, gemahlene **Mandeln**

2–3 EL gehobelte **Mandeln**

Für die Zitronensauce:

1 EL **Speisestärke** · 150 g **Zucker**

abgeriebene Schale und Saft von

1 unbehandelten **Zitrone** · 2 **Eier**

Mandeltorte
mit Zitronensauce

Zubereitung
FÜR 1 SPRINGFORM (22 cm Ø)

1 Den Backofen auf 180 °C vorheizen. Den Boden der Springform mit Backpapier auslegen.

2 Die Eier trennen. Eigelb mit Zitronenschale und -saft sowie der Hälfte des Zuckers zu einer cremigen Masse verrühren. Eiweiß steif schlagen, dabei den restlichen Zucker einrieseln lassen. Eischnee auf die Creme geben. Mehl und Zimt darüber sieben, Mandeln hinzufügen. Alles vorsichtig unterziehen. Teig in die Form füllen und mit Mandeln bestreuen. Im Ofen 45 bis 55 Minuten backen. Den Kuchen stürzen und auf einem Gitter auskühlen lassen.

3 Stärke und Zucker in einem Topf mischen. 375 ml Wasser langsam dazurühren. Zitronenschale und -saft hinzufügen. Eier trennen, das Eigelb untermischen, 3 bis 4 Minuten unter Rühren leise kochen lassen. Eiweiß steif schlagen und unter die Creme rühren, bis eine glatte Sauce entsteht. 1 Stunde in den Kühlschrank stellen.

Käsekuchen mit Rosinen

Gelb und saftig muss er sein: Ob mit oder ohne Rosinen, für einen wirklich guten Käsekuchen wird man Sie verehren

Zutaten

Für den Mürbeteig:

200 g **Mehl** · 80 g **Puderzucker**

100 g **Butter** · 1 **Eigelb**

1 TL abgeriebene unbehandelte **Zitronenschale**

Für die Füllung:

4 **Eier** · **Salz**

1 unbehandelte **Zitrone**

750 g **Magerquark**

150 g **Zucker**

1 Päckchen **Vanillepuddingpulver**

75 g **Rosinen**

Außerdem:

Butter für die Form

Zubereitung

FÜR 1 SPRINGFORM (26 cm Ø)

1 Für den Teig das Mehl mit Puderzucker und Butter in Stückchen auf eine Arbeitsfläche geben und mit einem Messer krümelig hacken. Eigelb und Zitronenschale dazugeben. Alle Zutaten rasch zu einem glatten Teig verkneten, zu einer Kugel formen und in Frischhaltefolie gewickelt etwa 1 Stunde im Kühlschrank ruhen lassen.

2 Den Backofen auf 175 °C vorheizen. Den Teig auf einer bemehlten Arbeitsfläche etwas größer als die Form ausrollen. Die Springform einfetten und mit dem Teig auskleiden, dabei einen Rand hochziehen. Den Boden mehrmals mit einer Gabel einstechen. Den Rand von innen mit einem Streifen Alufolie abstützen, damit er während des Backens nicht abrutscht. Den Teig auf der unteren Schiene im Ofen etwa 15 Minuten vorbacken.

3 In der Zwischenzeit die Eier trennen. Eiweiß mit 1 Prise Salz steif schlagen. Zitrone heiß abwaschen und trockenreiben, die Schale abreiben und den Saft auspressen.

4 Den Quark mit Eigelb, Zitronenschale und -saft, Zucker und Puddingpulver verrühren. Rosinen untermischen und den Eischnee vorsichtig unterziehen. Die Masse auf den vorgebackenen Teig geben und den Kuchen etwa 1 Stunde fertig backen. Noch etwa 10 Minuten in der Form stehen lassen, dann herauslösen.

Törtchen

Himbeertürmchen
mit Sternanis

Ein **himmlisches** Vergnügen: Zarter Mürbeteig und frische Himbeeren streben kunstvoll aufgetürmt nach **Höherem**

Zutaten

Für den Mürbeteig:

250 g **Mehl**

3 EL **Zucker** · **Salz**

125 g kalte **Butter**

1 **Ei**

Für die Füllung:

250 g **Crème fraîche**

Mark von 1 **Vanilleschote**

2 EL **Zucker**

500 g **Himbeeren**

Außerdem:

2 cl **Himbeergeist**

2 EL **Zucker**

50 g dunkle **Kuvertüre**

16 **Sternanis**

Puderzucker zum Bestäuben

Zubereitung
FÜR 4 STÜCK

1 Das Mehl auf die Arbeitsfläche häufen, mit Zucker und 1 Prise Salz mischen und in die Mitte des Mehls eine Mulde drücken. Die kalte Butter in kleine Stücke schneiden, um die Mulde herum verteilen, das Ei in die Mitte geben und sämtliche Zutaten mit einem Messer gut durchhacken, sodass kleine Teigkrümel entstehen. Mit den Händen rasch zu einem Teig verkneten, zu einer Kugel formen, in Frischhaltefolie wickeln und etwa 30 Minuten kühl stellen.

2 Den Backofen auf 180 °C vorheizen. Den Teig zwischen zwei Lagen Backpapier dünn ausrollen und mit 6 verschiedenen Ausstechern mit Wellenrand (2, 4, 5, 6, 7 und 8 cm Durchmesser) je 4 Kreise ausstechen, auf ein mit Backpapier ausgelegtes Backblech legen und im Ofen etwa 12 Minuten hell backen. Herausnehmen und auf einem Kuchengitter abkühlen lassen.

3 Für die Füllung die Crème fraîche mit Vanillemark und Zucker aufschlagen. Die Himbeeren verlesen, waschen und trockentupfen. Für die Himbeersauce 200 g Himbeeren mit dem Himbeergeist und dem Zucker in einem kleinen Topf aufkochen, bis sie zerfallen, dann durch ein Sieb streichen.

4 Die Kuvertüre im heißen Wasserbad schmelzen, in einen Gefrierbeutel füllen und auf 4 gekühlten Tellern je ein Quadrat von etwa 10 x 10 cm aufspritzen. In die Schokoladenquadrate etwas Himbeersauce füllen, darauf je den größten Keks auflegen, am Rand rundum mit Himbeeren belegen, in die Mitte etwas von der Creme geben, einen kleineren Keks darauf legen und so fortfahren, bis 4 Türmchen entstanden sind. Die Ecken der Schokoladenquadrate mit je 1 Sternanis belegen und mit Puderzucker bestäuben.

Brombeer-Schiffchen
mit Cassis-Creme

Ob diese Schiffchen auch schwimmen können?
Besser geeignet sind sie jedoch für den feinen Gaumenkitzel

Zutaten

2 EL **Puderzucker**

200 g **Marzipanrohmasse**

8 **Mürbeteig-Schiffchen** (Fertigprodukt; à ca. 10 cm Länge)

250 g **Crème double**

4 cl **Crème de Cassis** (schwarzer Johannisbeerlikör)

300 g **Brombeeren**

unbehandelte **Limettenschale**

Zubereitung
FÜR 8 STÜCK

1 Backpapier mit 1 TL Puderzucker bestäuben und die Marzipanrohmasse darauf ausrollen. Das Marzipan in Größe der Mürbeteig-Schiffchen ausschneiden, in die Teigschiffchen legen und leicht andrücken.

2 Die Crème double mit 2 cl Johannisbeerlikör glatt rühren, davon etwa 3 EL abnehmen und den Rest auf dem Marzipan verstreichen. Kalt stellen.

3 Die Brombeeren verlesen, waschen, trockentupfen und auf die Törtchen setzen. Mit Johannisbeerlikör beträufeln und mit dem restlichen Puderzucker bestäuben.

4 Die restliche Cassis-Creme in einen Gefrierbeutel füllen, eine kleine Ecke abschneiden und die Tartelettes damit verzieren. Die Limettenschale in feine Streifen schneiden und die Schiffchen damit garnieren.

Wenn Sie keine Fertigprodukte mögen, können Sie den Mürbeteig für die Schiffchen natürlich auch selbst herstellen. Greifen Sie dazu auf den tiefgekühlten Mürbeteig von Seite 88 zurück.

Früchte-Pizza
mit Amarettini

Zubereitung
FÜR 1 SPRINGFORM (26 cm Ø)

1 Die Amarettini in einen Gefrierbeutel füllen und mit dem Nudelholz fein zerkleinern. In einem kleinen Topf die Butter schmelzen lassen.

2 Kekse, zerlassene Butter und Grand Marnier gut miteinander vermischen. Die Masse in der Springform verteilen und den Teig andrücken. Mindestens 1 Stunde in den Kühlschrank stellen.

3 Die Himbeeren verlesen, waschen und trockentupfen. Mit dem Zucker pürieren, durch ein Sieb streichen. Die Kiwis schälen und in Spalten schneiden. Kirschen und Heidelbeeren verlesen, waschen und trockentupfen.

4 Das Himbeerpüree auf den Boden geben und glatt streichen. Die Früchte darauf anrichten und mit Kokosspänen bestreuen. Den Boden in 8 gleich große Stücke schneiden.

Zutaten

300 g **Amarettini**

(italienische Mandelkekse)

100 g **Butter**

1 EL **Grand Marnier** (Orangenlikör)

250 g **Himbeeren** · 1 EL **Zucker**

4 **Kiwis**

100 g **Kirschen**

50 g **Heidelbeeren**

2 EL gehobelte **Kokosspäne**

Zutaten

2 **Biskuitplatten** vom dunklen Wiener Boden (Fertigprodukt)

Für die Rhabarbersauce:

400 g **Rhabarber**

150 g **Puderzucker**

schwarzer **Pfeffer** aus der Mühle

Für die Füllung:

200 g **Sahne** · 2 EL **Puderzucker**

400 g kleine **Erdbeeren**

2 EL **Erdbeermarmelade**

Außerdem:

Puderzucker zum Bestäuben

Erdbeer-Sahne-Törtchen mit Rhabarbersauce

Zubereitung
FÜR 4 STÜCK

1 Aus den Biskuitplatten mit einem Ausstecher von 10 bis 12 cm Durchmesser 8 Kreise ausstechen.

2 Den Rhabarber schälen und in etwa 2 cm lange Stücke schneiden, mit dem Puderzucker mischen und 2 Stunden bei Zimmertemperatur ziehen lassen. Mit dem Saft etwa 10 Minuten köcheln lassen, abkühlen lassen und mit Pfeffer würzen. Für die Füllung die Sahne mit Puderzucker steif schlagen und in einen Spritzbeutel mit Sterntülle füllen. Die Erdbeeren putzen, waschen und trockentupfen, 4 schöne Erdbeeren beiseite legen.

3 Vier Teigkreise mit Puderzucker bestäuben, etwas Sahne darauf spritzen, Erdbeeren darauf geben, erneut Sahne aufspritzen, die restlichen Teigkreise darauf setzen und mit Puderzucker bestäuben. Erdbeermarmelade erwärmen, restliche 4 Erdbeeren darin wenden und je 1 Erdbeere auf die Törtchen setzen. Rhabarbersauce rundum angießen.

Zitronentörtchen
mit Beerenragout

Wer kann da noch Nein sagen? Auch ohne Beerenragout sind die frisch aus dem Ofen servierten Zitronentörtchen ein Hochgenuss

Zutaten

Für den Mürbeteig:

100 g **Mehl** · 2 EL **Zucker**

50 g kalte **Butter** · **Salz**

Für die Füllung:

2 kleine **Eier** · 150 g **Crème fraîche**

2 EL **Puderzucker**

4 EL **Zitronensaft**

2 EL abgeriebene unbehandelte **Zitronenschale** · 50 g **Sahne**

Für das Beerenragout:

400 g gemischte **Beeren**

2 EL **Zitronensaft**

1 EL **Puderzucker**

Außerdem:

Butter für die Förmchen

Hülsenfrüchte zum Blindbacken

1 EL unbehandelte **Zitronenzesten**

Puderzucker zum Bestäuben

Zubereitung

FÜR 4 STÜCK

1 Mehl mit Zucker, Butter in Stückchen, 1 EL Wasser und 1 Prise Salz zu einem Teig verkneten. Zu einer Kugel formen, in Frischhaltefolie wickeln und 1 Stunde in den Kühlschrank legen. Dann den Teig zwischen zwei Lagen Backpapier dünn ausrollen.

2 Den Backofen auf 200 °C vorheizen. Vier runde Törtchenformen von 12 cm Durchmesser mit Butter einfetten und mit dem Teig auskleiden. Backpapier in Förmchengröße zurechtschneiden, je 1 Kreis auf den Teig legen und mit Hülsenfrüchten bedecken.

3 Die Teigkreise im Ofen etwa 10 bis 12 Minuten vorbacken. Die Törtchen herausnehmen, Hülsenfrüchte und Backpapier entfernen, die Törtchen etwas abkühlen lassen. Die Backofentemperatur auf 160 °C herunterschalten.

4 Für die Füllung die Eier trennen. Eigelb mit Crème fraîche, Puderzucker, Zitronensaft und abgeriebener Zitronenschale mischen. Eiweiß und Sahne getrennt steif schlagen und unterheben. Die Creme auf dem vorgebackenen Teig verteilen und weitere 25 Minuten backen.

5 In der Zwischenzeit die Beeren verlesen, waschen, trockentupfen und mit Zitronensaft und Puderzucker mischen.

6 Die Zitronentörtchen etwas abkühlen lassen, aus den Förmchen stürzen und noch warm mit dem Beerenragout auf Tellern anrichten. Mit den Zitronenzesten garnieren und mit Puderzucker bestäubt servieren.

Kirschtörtchen mit Zuckerguss

So sehen kleine **Kunstwerke** aus: Dazu müssen Sie kein Patissier oder Konditor sein – nur ein wenig Geduld ist **gefragt**

Zutaten

Für den Teig:

200 g **Mehl**

2 EL **Zucker**

150 g **Butter**

200 g **Marzipanrohmasse**

2 **Eigelb**

8 ml **Kirschwasser**

1 Päckchen **Kirschwasser-Back**

400 g süße **Kirschen**

8 EL **Crème double**

Für den Guss:

1/8 l **Kirschsaft**

1/4 TL **Agar-Agar**

1/2 Bund **Minze**

Außerdem:

1 EL **Puderzucker**

1 TL **Zitronensaft**

Puderzucker zum Bestäuben

Zubereitung

FÜR 4 STÜCK

1 Mehl, Zucker und Butter zu einem glatten Teig verkneten. Auf einer leicht bemehlten Arbeitsfläche 3 mm dick ausrollen, mit einem Glas von 7 cm Durchmesser Kreise ausstechen. Auf ein mit Backpapier ausgelegtes Backblech legen. Aus dem restlichen Teig Blätter ausschneiden und Blattrippen einkerben. Den Backofen auf 175 °C vorheizen.

2 Die Marzipanrohmasse fein reiben. Mit Eigelb, Kirschwasser und 1 EL Wasser zu einem Teig verkneten. In einen Spritzbeutel mit mittlerer Lochtülle füllen und jeweils einen Rand an die Teigplätzchen spritzen. Auf ein zweites mit Backpapier ausgelegtes Backblech vier Stiele aus der Marzipanmasse spritzen.

3 Restliche Marzipanmasse mit Kirschwasser-Back glatt rühren, gut cremig rühren und in die Mitte der Teigplätzchen streichen. Törtchen und Blätter im Ofen 20 Minuten backen, vorsichtig herausnehmen und noch warm in Förmchen drücken. Herausnehmen und gut abkühlen lassen. Backofentemperatur auf 180 °C erhöhen.

4 Stiele 15 Minuten backen. Die Kirschen waschen und trockentupfen. Die Mitte der Törtchen mit Crème double bestreichen, mit Kirschen belegen. Für den Guss Kirschsaft mit Agar-Agar mischen, 2 Minuten köcheln lassen. Die Kirschen dünn damit bestreichen.

5 Jeweils zwei Törtchen auf einen Teller geben, mit Stiel und Teigblättern dekorieren und Minzeblättchen in die Törtchen stecken. 1 EL Puderzucker mit dem Zitronensaft verrühren, in einen Gefrierbeutel füllen, eine kleine Ecke abschneiden, die Törtchen damit verzieren und mit Puderzucker bestäuben.

Maronitörtchen
mit Preiselbeeren

Zubereitung
FÜR 4 STÜCK

1 Backofen auf 220 °C vorheizen. Maroni kreuzweise mit einem Messer einritzen und im Ofen etwa 30 Minuten rösten, bis sich die Schale löst. Maroni herausnehmen, etwas abkühlen lassen, schälen und durch die Kartoffelpresse drücken.

2 250 g durchgepresste Maroni, Puderzucker, Orangenschale, Rum und Speisestärke vermischen und glatt rühren. Eiweiß steif schlagen und vorsichtig unter die Maronimasse heben.

3 Den Maroniteig auf ein mit Backpapier ausgelegtes Backblech streichen, 8 dünne, runde Böden (6 cm Durchmesser) ausschneiden und im Ofen bei 180 °C etwa 10 Minuten backen, herausnehmen und abkühlen lassen.

4 Die restliche Maronimasse auf 4 Maroniböden verteilen. Dünne Schokoladenplätzchen darauf geben, jeweils mit 1 Maroniboden abschließen und mit Puderzucker bestäuben. Nach Belieben mit 1 Schoko-Stick belegen. Preiselbeeren waschen, trockentupfen und dazu servieren.

Zutaten

500 g **Maroni** (Esskastanien)

2 EL **Puderzucker**

1 EL abgeriebene unbehandelte **Orangenschale**

5 EL **Rum**

1 TL **Speisestärke**

3 **Eiweiß**

dünne **Schokoladenplätzchen**

Puderzucker zum Bestäuben

100 g **Preiselbeeren**

Zutaten

175 g **Butterkekse**

50 g flüssige **Butter**

2 unbehandelte **Zitronen**

300 g **Crème double**

75 g **Zucker**

200 g **Frischkäse**

250 g **Erdbeeren**

100 g **Heidelbeeren**

Puderzucker zum Bestäuben

Käsetörtchen mit Beeren

Zubereitung

FÜR 6 STÜCK

1 Förmchen (10 cm Durchmesser) mit Frischhaltefolie auslegen. Butterkekse in einem Gefrierbeutel mit dem Nudelholz zu Krümeln zerkleinern, mit der Butter vermischen. In die Förmchen verteilen und gut andrücken. Kühl stellen.

2 Von den Zitronen mit einem Zestenreißer Zesten abziehen, ein Drittel beiseite stellen, den Rest mit der Crème double und dem Zucker in einem Topf langsam zum Kochen bringen und 2 Minuten köcheln. Vom Herd ziehen.

3 Zitronen auspressen, den Saft unter die heiße Creme rühren und etwa 10 Minuten abkühlen lassen. Den Frischkäse einrühren und die Masse auf die Törtchen geben, glatt streichen und etwa 8 Stunden kühl stellen.

4 Beeren putzen, waschen und trockentupfen. Erdbeeren halbieren oder in Scheiben schneiden. Törtchen aus den Formen nehmen. Mit den Beeren anrichten, mit Zitronenzesten garnieren und mit Puderzucker bestäuben.

Orangen-Tortelett mit Erdbeeren

Da isst das Auge mit: Leuchtende Früchte auf einer feinen Quarkcreme werden von runden Torteletts in Form gehalten

Zutaten

Für den Mürbeteig:

250 g **Mehl**

50 g **Puderzucker** · **Salz**

125 g kalte **Butter** · 1 **Ei**

Für die Füllung:

350 g **Sahnequark**

80 g **Zucker** · 1 EL **Mehl**

je 2 TL abgeriebene unbehandelte **Orangen-** und **Zitronenschale**

1 Päckchen **Vanillezucker**

2 **Eier** · 1 **Eigelb**

1 EL **Sahne**

Außerdem:

Butter für die Form

1 **Orange** · 150 g **Erdbeeren**

30 g karamellisierte **Haselnüsse**

20 g gehackte **Pistazien**

Minzeblättchen · **Puderzucker**

Zubereitung

FÜR 1 SPRINGFORM (16 cm Ø)

1 Das Mehl auf die Arbeitsfläche häufen, mit Puderzucker und 1 Prise Salz mischen und in die Mitte des Mehls eine Mulde drücken. Die kalte Butter in kleine Stücke schneiden, um die Mulde herum verteilen. Das Ei in die Mitte geben und sämtliche Zutaten mit dem Messer gut durchhacken, sodass kleine Teigkrümel entstehen, mit den Händen rasch zu einem Teig verkneten. Den Teig in drei gleiche Teile teilen, ein Drittel sofort verwenden, den Rest einfrieren. Den Backofen auf 220 °C vorheizen.

2 Vom Teig etwa zwei Drittel ausrollen, die Springform mit Butter einfetten und den Teig hineinlegen. Im Ofen etwa 15 Minuten goldgelb backen. Den Boden abkühlen lassen und den Backofen auf 180 °C herunterschalten.

3 Für die Füllung Quark, Zucker, Mehl, abgeriebene Orangen- und Zitronenschale und Vanillezucker verrühren. Eier, Eigelb und Sahne unterrühren.

4 Aus dem Mürbeteigrest eine Rolle formen, als Rand in die Form legen, flach andrücken. Die Quarkmischung hineinfüllen und den Kuchen etwa 50 Minuten backen. Auskühlen lassen.

5 Orange mit einem scharfen Messer dick abschälen, alle weißen Häute entfernen und entlang der Trennwände schöne Filets herausschneiden. Erdbeeren putzen, waschen und trockentupfen.

6 Orangenfilets und Erdbeeren auf dem Kuchen anrichten, die Haselnüsse darauf verteilen und mit Pistazien bestreuen. Mit Minze garnieren und mit Puderzucker bestäuben.

Limettencremetörtchen
mit Früchten

Frisch und leicht: Diese kleinen Joghurtschnitten müssen nicht gebacken werden, sind aber dennoch ausgefallen und schnell gemacht

Zutaten

150 g **Joghurt**

1 EL abgeriebene unbehandelte **Limettenschale**

2 EL **Limettensaft**

4 EL **Puderzucker**

2 Blatt weiße **Gelatine**

12 **Schoko-Puffreis-Quadrate**

8 **Physalis** (Kapstachelbeeren)

8 **Kumquats**

1 **Sharonfrucht**

Zubereitung

FÜR 12 STÜCK

1 Joghurt, Limettenschale und -saft sowie 3 EL Puderzucker verrühren. Die Gelatine in kaltem Wasser 10 Minuten einweichen, dann tropfnass in einem kleinen Topf auflösen. 2 EL Limettencreme in die Gelatine geben, verrühren, dann die Gelatinemasse unter die übrige Creme rühren und etwa 30 Minuten kalt stellen.

2 Jeweils etwas Limettencreme auf die Schoko-Puffreis-Quadrate geben und etwa 30 Minuten kalt stellen. Physalishüllen vorsichtig öffnen und nach oben drehen. An der Frucht belassen. Kumquats heiß waschen und quer in Scheiben schneiden. Sharon waschen und in dünne Spalten schneiden.

3 Limettencreme am Rand glatt streichen, Früchte dekorativ darauf setzen und mit dem restlichen Puderzucker bestäuben.

Kumquats sind Miniaturausgaben von Orangen. Sie können oval, aber auch rund sein und werden mit Schale verzehrt. Die säuerliche Frucht der Physalis ist von einer pergamentartigen Hülle umgeben.

Schokotörtchen
mit Walnüssen

Zubereitung
FÜR 10 STÜCK

1 Milch mit der aufgeschlitzten Vanilleschote aufkochen lassen. Butter in einem Topf schmelzen, Mehl unterrühren. Die Vanilleschote aus der Milch nehmen und die heiße Milch in die Mehlschwitze einrühren, 10 Minuten köcheln lassen, ab und zu umrühren. Zerkleinerte Kuvertüre im Wasserbad schmelzen. Backofen auf 180 °C vorheizen.

2 Die Mehl-Milch-Mischung in eine Schüssel geben, etwas abkühlen lassen und 2 ungeschlagene Eiweiß unterrühren. Das Eigelb nacheinander einrühren und die Masse immer wieder glatt rühren. Die geschmolzene Kuvertüre und die Nüsse einrühren. Restliches Eiweiß mit Zucker steif schlagen und etwa ein Viertel davon mit dem Schneebesen unter die Masse rühren. Den Rest vorsichtig unterziehen.

3 Förmchen (1/4 l Inhalt) einfetten, mit Zucker ausstreuen und die gehackten Walnüsse darin verteilen. Die Masse mit einem Spritzbeutel dreiviertelhoch in die Formen füllen. Förmchen in ein heißes Wasserbad stellen (Fettpfanne) und im Backofen 25 bis 30 Minuten backen.

Zutaten

1/4 l **Milch**

1 **Vanilleschote**

125 g **Butter**

125 g **Mehl**

100 g dunkle **Kuvertüre**

10 **Eiweiß** · 8 **Eigelb**

100 g geröstete gemahlene **Walnüsse**

100 g **Zucker**

Butter und **Zucker** für die Förmchen

100 g grob gehackte **Walnüsse**

Zutaten

Für den Teig:

200 g **Marzipanrohmasse**

120 g **Zucker**

Mark von 1 **Vanilleschote**

1 **Ei** · 120 ml **Milch**

70 g **Mehl** · 30 g **Kakaopulver**

Für die Füllung:

300 g **Sahne**

4 EL **Kaffeelikör**

Außerdem:

Butter und **Mehl** für das Backblech

Schokoladenspäne

Marzipantörtchen mit Likörsahne

Zubereitung

FÜR 4 PERSONEN

1 Marzipan mit Zucker, Vanillemark, Ei und Milch mit einem Schneebesen verrühren. Mehl und Kakaopulver darüber sieben und unterheben, den Teig durch ein Sieb streichen und 1 Stunde ruhen lassen. Das Backblech einfetten und mit Mehl bestäuben. Backofen auf 190 °C vorheizen.

2 Eine Schablone aus Pappe oder Plastik (Innendurchmesser 8 cm, Rand 4 bis 5 cm) auf das Backblech legen, etwas Teig in die Mitte der Schablone geben und mit einer Palette gleichmäßig und dünn auf das Blech streichen. Die Schablone abnehmen und so fortfahren, bis das Blech voll ist. Im Backofen etwa 6 bis 7 Minuten backen, Blech herausnehmen, die Teigkreise sofort vom Blech lösen und auskühlen lassen. So den gesamten Teig verbrauchen.

3 Die Sahne mit dem Kaffeelikör steif schlagen und schichtweise mit den Teigblättern verarbeiten, zum Schluss mit Sahne bedecken und mit Schokoladenspänen dekorieren.

Ricottatörtchen
mit Zitronat

Perfekt und doch ganz einfach: Die Mürbeteigtörtchen mit einer zitronigen Ricottacreme gelingen jedem

Zutaten

Für den Mürbeteig:

100 g **Mehl** · 2 EL **Zucker**

50 g kalte **Butter** · **Salz**

Für die Füllung:

3 Blatt weiße **Gelatine**

250 g frischer **Ricotta**

3 EL **Zucker**

Mark von 1 **Vanilleschote**

2 EL gehacktes **Zitronat**

50 ml **Zitronensaft**

1 Stück unbehandelte **Limettenschale**

Außerdem:

Butter für die Förmchen

Hülsenfrüchte zum Blindbacken

Zubereitung

FÜR 4 STÜCK

1. Mehl mit Zucker, Butter in Stücken, 1 EL Wasser und 1 Prise Salz zu einem Teig verkneten, zu einer Kugel formen und in Frischhaltefolie gewickelt 1 Stunde kühl stellen. Dann den Teig zwischen zwei Lagen Backpapier dünn ausrollen.

2. Den Backofen auf 200 °C vorheizen. Die Törtchenformen mit gewelltem Rand einfetten und mit dem Teig auskleiden.

3. Backpapier in Förmchengröße zurechtschneiden, je 1 Kreis auf den Teig legen und mit Hülsenfrüchten bedecken. Im Ofen etwa 20 Minuten vorbacken. Herausnehmen, Hülsenfrüchte und Backpapier entfernen. Die Törtchen aus den Förmchen nehmen und auf Kuchengitter abkühlen lassen.

4. Die Gelatine in kaltem Wasser einweichen. Ricotta, Zucker, Vanillemark, Zitronat und Zitronensaft miteinander verrühren. Die Gelatine tropfnass in einem kleinen Topf bei schwacher Hitze auflösen. 3 EL von der Creme unterrühren und die Gelatine unter die restliche Creme mischen.

5. Die Törtchen mit der Creme füllen und in etwa 3 Stunden im Kühlschrank fest werden lassen. Die Limettenschale in Streifen schneiden und die Törtchen damit garnieren.

Rezeptregister

Impressum

1. Auflage 2002
ISBN 3-89883-019-5

Grafische Gestaltung: Georg Feigl, Verena Fleischmann, Barbara Markwitz
Rezepte: ZS-Team
Redaktion: Edelgard Prinz-Korte
Herstellung: Karin Mayer, Peter Karg-Cordes
Lithografie: inteca Media Service GmbH, Rosenheim
Druck & Bindung: Officine Grafiche De Agostini, Novara

Besuchen Sie uns auch im Internet unter der Adresse
www.zsverlag.de

Bildnachweis

Umschlagfotos: Stockfood/Michael Brauner (Vorderseite); Stockfood/S. & P. Eising (Rückseite rechts); StockFood/Susie Eising (Rückseite links und Mitte)

Walter Cimbal: 21, 30, 33, 34–35, 40, 52, 53, 68, 69; Karl Newedel: 46; StockFood/Ian Bagwell: 25; StockFood/Bayside: 24, 92; StockFood/Uwe Bender: 27, 43; StockFood/Harry Bischof: 19, 51, 71, 73; Stockfood/Michael Brauner: 37; StockFood/Jean Cazals: 93; StockFood/S. & P. Eising: 7 (o. r., Mitte), 23, 31, 39, 45, 63, 83, 95; StockFood/Susie Eising: 7 (2. v. o. l., u. l.), 8 u., 13, 15, 47, 49, 59, 61, 65, 74–75, 79, 80, 85, 91; StockFood/Wieder Frank: 29, 55, 87; StockFood/J.-F. Hamon: 81; StockFood/Douglas Johns: 16, 56–57, 67; StockFood/Ulrike Köb: 86; StockFood/Joerg Lehmann: 77; StockFood/Prop-Light-Service: 2–3; StockFood/Bodo A. Schieren: 4–5; StockFood/Studio R. Schmitz: 10–11, 17; Stockfood/Smith Simon: 41, 62; StockFood/Maximilian Stock LTD: 6 r., 7 o. r.; StockFood/Studio Bonisolli: 6 l.; StockFood/Martina Urban: 89; StockFood/Verlag Zabert Sandmann: 7 (2. v. u. l.), 8 o., 9